U0045671

TIGER×DRAGON SPIN OFF!

幸福的櫻色龍捲風

竹宮ゆゆこ
插畫◎ヤス

學生會出場人物檔案
幸太
「她的名字是狩野櫻，高中一年級。
對我來說，她就是女神、天使、清純可人的春之風暴。
因為她的超級魅力，讓我的心總是為了她而雀躍不已。」
狩野櫻
菫
「可惜腦袋差了一點。」
櫻
「姊、姊姊！妳這麼說太過分了——！」

櫻
「這位是狩野堇，是個過分的姊姊，高中三年級。
她是我的親生姊姊，更是全校學生心目中的老大。
成績超級優秀、完美過頭的學生會會長。我們的遺傳基因真的相同嗎？」
北村
「唉呀唉呀，畢竟會長可是超人，她的存在早就超乎人類理解的範圍。」
堇
「北村，你不要把人當成珍禽異獸好嗎！」
狩野堇

學生會出場人物檔案
北村祐作
菫
「二年級的北村祐作，這傢伙乍看之下是個循規蹈矩的副會長。外表看起來一板一眼，聽說因此意外地受歡迎。真是個不能掉以輕心的傢伙。不過有時也會做些蠢事就是了。」
幸太
「會長，北村學長受到歡迎，妳會覺得不爽嗎？」
北村
「幸幸幸幸幸太！你不要說些有的沒的！」

富家幸太
北村
「唉呀……不知道會說出什麼話的傢伙，就是富家幸太。
一年級的學生會總務。是個可愛的學弟，不過自稱『天生倒楣鬼』。」
幸太
「請不要接近我，會帶衰喔。」

「結果我依然是個
不能擁有幸福的人吧……」
「……我是不是搞錯了呢？」

「是啊，只要妳再繼續傻傻發呆，要我打飛妳幾次都行。」
「話說回來，今天天氣真好。對了，我們去看海吧？」

「哇啊！學生會裡怎麼盡是些怪人！
原來如此，所以從下一頁開始，
就是要來看看唯一優秀的北村同學有多辛苦吧。」

「……是這樣嗎……」

「真是不乾不脆。
別用一副自以為是的眼神看我！
你這個哺乳類！」

「……妳不也是哺乳類嗎……」

TIGER×DRAGON SPIN OFF！ CONTENTS

TIGER × DRAGON SPIN OFF!

幸福的櫻色龍捲風

竹宮ゆゆこ

插畫◎ヤス

幸福的櫻色龍捲風

形成過程

1

時間接近下午四點，放學後的走廊一片寂靜。

陽光從窗戶斜斜射入，一年級的富家幸太一個人站在這裡，臉上浮現滿意的微笑。

瘦小的影子落在今天一早設置的特製公布欄，上頭張貼的一長串紙裡面有他的名字。

五科總計成績第七名．富家幸太——這是上週期中考獲得優秀成績的學生名單。

因為不幸的疾病晚了一個月入學，但是依然不受影響，獲得如此的好成績。導師今天早上的心情也很好，特地把幸太找去說些鼓勵的話，班上的朋友也對幸太刮目相看。

然而——

「嗯……就是這樣吧。」

這股酷勁又是怎麼回事？面露微笑的幸太顯得十分從容。雖然他不是不高興，但也不會因為這樣就雀躍不已。原本他就不是特意過來看自己的榮耀，幸太是學生會總務，身為學生會的一員，放學之後必須到學生會辦公室集合。要到學生會辦公室集合，就得經過這個走廊——他會來到這裡，只是因為這裡是途中必經之地。

簡單一句話，他已經習慣了。

如果是第一名就另當別論，「只不過」是第七名而已，對幸太來說，只是「嗯……就是這樣吧」的小事，當然沒有什麼特別感想。

幸太從小學開始就很擅長念書。低年級在導師的建議之下，進入知名的升學補習班，在補習班裡的成績也不錯。看起來應該能夠順利進入前三志願的國高中一貫教育的男校，接受菁英教育。而且在用來判斷能否考上的模擬考中，他也經常拿到好成績，不過他打算多報考幾間當備胎。

既然如此，為什麼幸太現在會站在公立高中的破爛走廊上呢？

這是因為——小學六年級的幸太在永遠忘不了的一月三十一日被腳踏車撞到。在腳踏車尖銳的剎車聲中，幸太瘦小的身體失去平衡，翻過路旁圍欄，從十公尺高的堤防跌入河裡。

國中入學考試的時間是二月一日和二日——幸太雖然沒有生命危險，但是那兩天只能躺在潔白乾淨的床上，與跪在地上的肇事女大學生一起度過。

於是幸太決定要在高中入學考試扳回一城。如果沒有那件倒楣的意外，此刻的幸太應該是在擁有頂尖升學率的公立高中名校裡，接受高水準的教育才對。

那件意外——對，如果考試前一天沒有被汽車撞到。雖然汽車的確比腳踏車高級，但沒有人會因為這點感到高興。

頂著裂開的肋骨，幸太勉強趕上中上等級學校的第二次入學考試。平安無事地考完，同時也考上了。在入學典禮的前一天和家人到外面吃飯，沒想到卻在餐廳裡盲腸炎發作，因而住院一個月，錯過最珍貴的「高中生活的第一個月」。

命中註定「諸事不順」——也只能這麼解釋了。

只要面臨什麼重要場合，不幸的意外一定會在前方等待幸太。例如十年前公立小學入學考試時，幸太在一開始的抽籤就很乾脆地落榜。再往前推，幸太哇哇落地的那天，叔叔的公司開出空頭支票、曾祖父在他三歲的七五三節（註：日本在男孩子長到三歲和五歲，女孩子長到三歲和七歲時慶祝小孩順利成長的節日）當天過世。

也就是說，幸太的成績本來就很好，只是因為天生倒楣才會無法發揮實力，只要沒有發生任何不幸，拿到好成績是理所當然的事。只是沒人曉得在入學考試之類的重要場合，會發生什麼倒楣事。

嗯……在晚別人一個月入學的不利條件之下，還能拿到第七名，我是不是應該稍微表現得高興一點?這個成績能讓學生會辦公室裡的成員感到幾分驚訝吧?

對了，他們也會經過這裡，應該會看到我的名字——幸太的嘴角揚起一抹得意的微笑。

「你這個沒用的傢伙！一點幹勁也沒有！最重要的是完全沒有男子氣概！」——這是我們的老大，也是學生會長，她每天都在不停抱怨。「幸太，你就不能再有骨氣一點嗎？什麼？你已經盡全力了？真的嗎？」——昨天也用充滿男子氣概的捲舌音，斥責總務工作上的過失。「唉呀，事情都過了，罵他也沒用。」——還是多虧副會長居中介入，才讓我逃過鐵拳制裁。

學生會的人都把我當笨蛋。他們八成認為我是沒用又沒救的倒楣幸太，不過看到我的成績，學長姊多少也會刮目相看吧？不過我也不打算藉由優秀的成績與他們平起平坐。

視線往旁邊一瞄，看到一旁的二、三年級成績優秀學生名單。三年級的第一名——而且還是滿分，從入學以來一直都是第一名，總是交出超乎常人的優異成績單——那個人就是幸太的大哥、全體學生的精神領袖、值得信賴的學生會長。

至於二年級的第一名，正是絕對忠於會長的心腹——學生會副會長。雖然沒有滿分，不過在滿分五〇〇分裡拿到四八三分也算是很厲害了。

我「只不過」是第七名而已，很難說是和他們同等程度……不過多少能夠改變他們對我的看法吧？像是「你的表現還可以嘛」之類。

平常走向學生會辦公室時，幸太總是覺得很麻煩，今天卻感到有些雀躍。雖然不太可能聽到那個頑固老大的熱烈喝采，不過至少有一點……

「妳多少也該感到不安吧！」

突然傳進耳裡的聲音，讓幸太不禁嚇了一跳。只是這個聲音不是衝著幸太而來。

「我、我也是會感到不安……」

「不要說謊！看妳這副嘻皮笑臉的模樣，哪裡不安了？」

有個女孩子和國文老師站在幸太前面。幸太不曾見過那個女孩子，不過倒是記得那位老師是隔壁班的導師。

兩個人似乎剛從走廊盡頭的面談室（別名：說教房）裡面出來。

「對不起……」

「這不是道歉就可以解決的問題！話說回來，妳啊——」

唉……剛好遇上討厭場面的幸太事不關己地聳肩。

在這所學校裡，只要是被老師叫到面談室，十之八九少不了一頓說教。從面談室出來之後，老師還站在門口說個不停，那個女孩真是可憐。只見她很不好意思地縮起背低著頭，站在她眼前的老師故意嘆氣說道：

「唉，我還是第一次遇到妳這種學生……我也不知道該怎麼辦才好了，我投降。」

真是討厭至極的說法。

垂頭喪氣的女孩伸出纖細的雪白手指，將垂下的頭髮撥到耳朵後面。可憐的耳朵紅通通，讓幸太不禁想要別開視線。

「所有科目都要補考，妳還真行啊。」

「對不起……啊，不是對不起……那個，呃……很、很抱歉……也不對……」

尷尬的沉默——可是看起來老師還不打算放過那個女孩，也不打算離開。

幸太也跟著屏住呼吸，不知不覺地被捲入這件事裡。說是不知不覺，全都是因為他聽見那名女孩所有科目都要補考。

幸太盡可能讓自己不被發現，快步走過兩人的背後往樓梯前進。那個女孩也不想自己所有科目都要補考的丟臉事蹟廣為流傳吧？我就假裝什麼也沒聽見、沒看見、不發出腳步聲，盡快離開比較妥當。

「我下次會加油！一定會加油的！」

「怎麼加油？接下來的課程，妳真的跟得上嗎？再來可是愈來愈難喔？」

真是可憐……即使幸太爬上樓梯，還是能夠聽到背後傳來女孩子拚命的辯白，以及老師惹人厭的語氣。

「無論如何我都會拚命努力！就像這～～樣、那～～麼拚！所以——啊！」

慘叫聲？

發生什麼事了？「啪！」幸太好像聽到什麼東西掉落的聲音，還有女孩子的尖叫聲。就是這麼巧，打開的窗戶突然吹來一陣風。

正當幸太反射性地回頭之時，踏上樓梯的腳正好踩到翩翩飛來的白色物體，順勢滑倒。

一切就發生在那個瞬間。

踩到白色物體的前一秒，幸太見到一串有如幻燈片的鮮紅文字——17、23、7、7、7——喔！三個7，真是幸運……才怪！就在看到777的同時，幸太便踩著白色物體滑倒，世界頓時上下顛倒，重心瞬間轉往腦門。

這下糟糕了——幸太邊這麼想邊以慢動作跌倒，淡紅色的三角形映入上下顛倒的視野。對了，突如其來的風把裙子吹起來了……

「慘了，這下子怎麼辦！對不起對不起對不起——！你不要死啊——！」

「唔、唔……」

擺脫失神狀態之後——那是天花板……只能看見天花板。

好像知道發生什麼事，又好像什麼都不知道，幸太眨眨眼睛，視線從天花板沿著牆壁往下遊走，看到散落在地的白色物體——那是打著可怕分數的考卷。對了，我就是因為踩到那個，才會從樓梯上摔下來。

幸太渾身都因為撞擊而感到劇烈疼痛，回過神來才發現自己只能發出幾聲呻吟……不過話說回來，那個分數也太誇張了……

「不好了！我去找人來！」

語氣討厭的老師臉色大變，轉身飛奔而去。幸太看著老師離去的背影，忍不住伸手——咦、就這麼拋下我不管嗎？

「你還好嗎？振作一點！」

突然有個柔軟、溫暖又有些濕潤的東西輕輕包住自己。幸太花了幾秒鐘才反應過來，那股緩緩傳來的溫度是體溫，柔軟濕潤的東西是人的手掌。

「哇啊……」

「哪裡會痛嗎？很難受嗎？」

幸太的手被人握住，只見有個黑影迎面而來，牢牢抓住幸太的肩膀，「嘿咻！」抱起幸太的上半身。大大的眼睛裡閃著溫柔的波光，如同不知何時見過的春天海洋，非常美麗……

「放心，老師等一下就回來了！」

幸太終於明白自己被人抱住，上半身完全讓人擁入懷裡，背後那個充滿彈性的墊子，應該就是大腿。

又過了幾秒，他才注意到眼前的水嫩淡紅色物體是嘴唇。

「唔咕……」

除了疼痛以外的溫暖衝擊，讓幸太的腦袋為之發燒，他終於搞清楚自己此刻的姿勢——

丟臉地躺在地上，讓女孩子抱著上半身。

女孩用快哭出來的眼睛俯看幸太——那是一張可愛精緻的小臉、垂落的頭髮正在搔弄自己的臉頰、鼻子聞到女孩溫熱的氣息，還有壓在肩膀附近的柔軟隆起……

「慘了，喘不過氣來嗎？好！人工呼吸！」

女孩緊緊抱住幸太的肩膀、抬起幸太的下巴，雪白的鼻尖毫不猶豫靠過來——

「……！」

幸太趕緊把頭撇開，教人心神蕩漾，帶著溫度的柔軟雙唇就這麼貼上他的下巴。幸太的腦漿幾乎快要溶化在水嫩甜美的觸感裡。

「我、我可以、呼吸！」

幸太想盡辦法擠出這句話，模仿蟑螂趴在地上，想讓自己在神經錯亂之前落跑。現在哪還顧得了身體疼痛？就算身體四分五裂也要逃走！不只是臉，幸太全身上下一片通紅，灼熱有如身在地獄，腦袋更是沸騰到快要從頭頂噴出蒸氣。

「怎麼辦……看起來怪怪的……」

全科補考的少女戰戰兢兢蹲在地上，臉頰因為激動的關係呈現美麗的粉紅色，眼裡充滿淚水，雙手在胸前擺出祈禱的手勢。

「對了！」她突然大叫：

「一定是撞到頭了！啊啊，不過你放心，我立刻帶你去保健室！不能在這裡等老師回來，得趕快叫救護車才行！」

「咦？」

女孩在趴在地上準備逃跑的幸太面前快動作跪下，裙子也順勢翻起，露出雪白到令人目眩的大腿內側，以及深處帶著淡紅色，由單薄布料構成的什麼——不過女孩沒給幸太時間去細想「什麼」究竟是什麼。

「一、二……三！」

「什、什麼？」

騙人的吧？怎麼可能背得起來？幸太的體型再怎麼瘦小，還是有達到平均標準——可是全科補考女不管這一點，一口氣就把幸太背起來。

「好好抓牢！我馬上救你！嗯……」

一瞬間好像快要滑倒，不過女孩憑藉毅力站穩雙腿，調整平衡之後開始狂奔。

「住住住、等、等一下！」

這樣好嗎……讓女孩子背著不說，而且還是用跑的。難為情的灼熱與丟臉的寒意，在幸太處於錯亂狀態的大腦中此起彼落。眼前這副模樣，不論怎麼看都是沒出息到了極點。

「住手……等、放……」

「沒事的，別擔心！馬上就到了！」

不是有沒有事的問題，如果在這種地方給什麼人撞見——沒錯，例如學生會長，鐵定少不了被她用「你這個王八蛋在幹什麼？竟然讓女孩背著，丟不丟臉啊！這個心懷不軌的傢伙！」之類的話狠狠痛罵一頓。

「對不起，都怪我的考卷亂飛，才會害你受傷！對不起！對不起！」

女孩根本不聽幸太說話，完全發揮人類遇上緊急狀況時所展現的潛能，並且流著眼淚，自顧自地說道。然後——來了來了——幸太的預感在呻吟，那種熟悉的感覺讓他不禁發抖。

就算請她放我下來，女孩子也一定不肯妥協。

如果不希望被「那個人」撞見，「那個人」絕對會出現。

現在驚訝有什麼用？這就是我的人生。來吧，轉過那個彎……3、2、1……

「呀啊！」

女孩發出小聲的尖叫，失去平衡一腳踩空。幸太祈求「好歹把我摔到地上——」可是如果真的這麼順利，他就不叫天生倒楣鬼了。被女孩背在背上的啟太就這麼撞到牆壁。

眼前——果然，果然出現了。

八成是正要去教職員辦公室吧？手裡拿著成堆文件的人停下腳步——修長的站姿、細長美麗的雙眼皮眼睛驚訝大睜、雪白的肌膚加上美麗的紅唇、纖細清爽的身材、有如洋娃娃的端整長相，簡直是和風美女的化身。

「你們……到底在搞什麼？」

不過聲音卻像是可靠的大哥，眉間皺起的皺紋也很像頑固的黑道老大。沒錯，站在我們面前的，正是世界上我最不想在此時遇見的人——學生會長狩野菫。幸太忍不住仰天長嘆。

不過這種程度還不算倒楣——

「這、這是有原因的……姊姊！」

「咦咦咦——！」

幸太驚訝的哀號響徹放學後的走廊。

＊＊＊

幸太直到此刻仍舊無法相信——這對兄妹……不，是姊妹怎麼長得這麼不像。幸太忍不住來回比對兩人的臉。

狩野櫻把小拳頭擺在嘴邊，以沒出息的表面抬頭看向哥哥……不，是姊姊。

狩野菫雙手抱胸不發一語，臉上露出有如石頭的嚴肅表情，在妹妹身旁坐下。

在保健室醫生的交代之下，躺在白色病床上面休息的幸太戰戰兢兢舉起一隻手：

「那、那個……會長待在這裡，我沒辦法專心休息……」

「你閉嘴。」

低沉的一句話，讓幸太想要鑽進被單裡，櫻則是抖了一下。全校學生的精神領袖、學生會的老大狩野堇不發一語，視線落在雪白手中的幾張紙上面。

幸太也忘記自身疼痛，「唉呀唉呀～」嘆著氣。

「狩野姊妹」——學校裡無人不知、無人不曉，大家都知道這位老大有個妹妹，而且就讀同一間學校。雖然大家都知道，但是沒有太多人提起妹妹的事。畢竟再怎麼說都是堇老大比較了不起，也比較有名，與堇在一起，無論什麼女性都會顯得相形失色。至於「狩野姊妹」之所以蔚為話題，也只是因為眾人感到很意外「那位堇老大竟然和平民一樣有個妹妹！」如此而已。

實際比較之下，對妹妹的印象也只是「長得不像」而已，或者甚至可以說這兩個人根本完全相反。

相對於全科滿分的堇，櫻的成績是滿江紅；相對於清爽和風美人的堇，櫻……不知道該怎麼說，總之就是有張甜美可愛的臉孔；從兩人的體型來看，修長的堇有如鶴一般，櫻則是帶著柔軟起伏的曲線——雖然手腳意外地纖細。

幸太的視線不知不覺移到櫻的身上。不是因為看膩了堇，也不是因為堇現在看起來就像一個老頭……該怎麼說？這種感覺很難用言語形容，總之幸太就是很在意櫻身上散發的奇妙溫暖。那個溫度正好與體溫相同，不曉得是從哪散發出來的？是通紅的耳垂？還是因為剛才的騷動鬆開的胸前領結？還是不安戳著嘴唇的指尖？真是教人在意。

幸太突然在意眼前的一切，忍不住想要多看一眼、多聞一下、多品味一會兒。這股慾望刺激幸太的感官神經，讓他無法移開視線。

「喂，櫻。」

聽到堇的聲音，正在發呆的幸太也忍不住屏氣凝神。

「嗯、嗯……」

「妳……考這是什麼分數？」

與平日總是讓幸太嚇破膽的豪爽不同，堇的聲音異常僵硬。她的手上拿著櫻印有幸太腳印的滿江紅考卷。

櫻尷尬地屏住呼吸，縮著肩膀說不出半句話來。看得出來她不敢直視堇，只是俯看露在裙子外面的膝蓋，一動也不動。

「英文17分，國文23分，數學、理化、社會都是7。就是因為這些考卷四散一地，又突然吹來一陣風，把考卷吹到樓梯上，所以幸太才會踩到滑倒。是這樣啊……」

「嗯……」

堇的視線沒有看向點頭的櫻，反而是轉向幸太。

「不愧是天生倒楣鬼，普通人哪會遇上這種事？」

「哈哈，謝謝……」

「不過話說回來，這也是我家的笨妹妹害的，真是抱歉。」

堇起身向幸太深深鞠躬。對於堇充滿男子氣概的作為，反倒是幸太慌了手腳：

「別、別這樣，會長……妳這個舉動，只會讓我覺得接下來要發生什麼壞事……」

「你這個傢伙，真是完全不懂別人的用心良苦。」

堇瞪了幸太一眼，不過看來她還是堅持要道歉。

「就是這麼一回事。大致看來好像沒受傷，不過之後如果有什麼後遺症，儘管和我說，醫藥費當然由我們家全額支付。真的很對不起，稍後我會寫封信向你父母道歉。喂，妳也給我低頭賠罪。」

「啊，唔……嗯！」

櫻從椅子上跳起來，來到堇的身旁低下頭：

「都是因為我的緣故，才會發生這種事，真的很抱歉！你好像還撞到頭，我們還是快點去醫院吧……？」

「撞到頭？真的嗎？哪裡？」

皺起眉頭，一臉嚴肅的菫靠近幸太進行檢查。她的手輕輕伸向幸太的頭髮，纖細的手指用力戳著幸太的頭頂。

「那、那個……」

「沒有傷口也沒有腫起來……糟糕，這下子反而麻煩。」

「沒有，我就說沒有撞到頭，是肩膀著地……痛痛痛痛痛！會長，頭髮快被你拔掉了！」

菫的粗魯動作就像好久不見的親戚大叔。好不容易逃離魔掌的幸太趕緊從床上坐起。

「不對，撞到了！因為摔下樓梯之後，你的樣子就變得怪怪的！還有呼吸也是，你不是有一段時間喘不過氣來嗎？」

櫻拚命說明，還按住坐起來的幸太肩膀，「安靜休息！」讓他再度躺回床上。

「喘不過氣？」

老大眉間的皺紋更深了。櫻用力點頭說道：

「所以我幫他做了人工呼吸。」「沒做成。」

「……」

菫的兩邊同時傳來立體音效，讓她一時之間說不出話。

「……人工呼吸？」

臉上的表情就好像見到什麼討厭的東西。

「是啊。」「沒做成。」

唉——堇長嘆了一口氣，抬起頭來說道：

「你們不要一起說話！我又不是聖德太子（註：日本飛鳥時代的皇族，據說能夠聽十幾個人同時說話）！」

「呀——！」

「痛痛痛痛痛！」

堇的右手使勁捏住櫻的鼻子，左手扭著幸太的鼻子。

「搞什麼……那種事隨便都好。如果幸太的腦袋沒事，我倒想問問，妳的大腦是怎麼了？喂，櫻，妳打算拿什麼臉帶這種分數進家門啊？」

「那、那個……」

「什麼那個這個！我在妳快要睡著的時候說過吧？問妳考試準備好了沒？然後妳說要一大早起來念書，我還叫妳起床對吧？早上四點把妳叫起來，結果妳吃完早餐之後，又跑去睡回籠覺對吧？這種事情已經發生過好幾次、好幾次了吧？」

「對、對不起……」

「別光是道歉！我是叫妳解釋一下，這到底是怎麼回事！」

堇粗魯地將整疊考卷丟回櫻的面前，全身僵硬的櫻縮成一團。幸太不禁覺得她很可憐，於是模仿平常總是幫自己解圍的副會長插嘴：

「唉呀，會長，事情都已經過去了……」

「這是我們家的事，你不要插嘴。」

「既然是妳們家的事，就請妳在家裡吵——啊，沒事。」

看到堇險惡的視線更甚以往，幸太乾脆地收回自己的話，除了繼續沉默躺在這個尷尬的地方，別無他法。

「那、那個，姊姊，我……」

櫻戰戰兢兢地開口。

「怎樣？」

「那個……我、我不是故意的……」

幸太也在這個時候，目睹堇的太陽穴冒出閃電形狀的青筋。現場的空氣瞬間蒸發，真空帶來的寂靜僅僅維持了幾秒。

「笨蛋，如果是故意的，我會放過妳嗎——！真是個大白痴！」

「咚！」大哥的鐵拳往櫻的腦門揮去。

「唔哇……」

一陣讓人不禁為之退縮的悶響。櫻發不出聲音，只能抱著頭從椅子上滑落在地。

「嗚、嗚……噫、噫……」

櫻花了幾秒鐘才從地上起身，掩著通紅的臉跑出保健室，另一隻手還用力按住腦門。

「唉呀……真過分……」

幸太嘆了口氣，眼裡充滿責備的神色：

「妳平常都這樣嗎？對方可是女孩子喔？真是可憐……狩野同學的成績會變成這樣，跟會長的暴力行為應該脫離不了關係。」

「哪有那種蠢事！真是的，那傢伙就是太驕縱了，才需要有人出面嚴格教訓她！」

「可是動手打人，未免也太……真是可憐。」

「你很袒護她嘛。」

「該怎麼說，我也是長期遭到會長的虐待，所以覺得有股自己人的親切感。」

喔——堇故意說了一聲，同時窺探幸太的臉。她的眼中一如往常充滿父愛，同時又帶著領導者的眼神。該不會是想到了什麼新點子吧？她的嘴唇隱約露出微笑，同時說道：

「……這是你說的。」

「說、說什麼……？」

來了來了——今天第二次的倒楣預感，讓啟太的頭皮一陣發麻。

2

是的，果然來了——這麼說應該很沒禮貌吧？

「昨天真的、真——」

午休時間的一年A班，滿是便當的味道與人們的喧囂。狩野姊妹裡的妹妹不敢跨過教室與走廊的界線，只是乖乖站在門口。

「——的很對不起！」

使盡全力向幸太道歉，就連腦血管都快要爆開。界線這一頭的幸太，可是打從出生以來第一次被別班的女孩子叫出教室。班上有不少視線看向他——那個可愛的女生是誰？幸太認識的人？班上同學鬼鬼祟祟地用手肘互頂，似乎沒有人發現這個擁有柔和輪廓的女孩，就是「那位大哥」的妹妹。

「沒關係，別再道歉了，那只是意外。再說……妳看，我也沒有受傷。」

「是嗎？」

呼——櫻喘了口氣，總算鬆開緊握的拳頭。

「啊啊，太好了……我還在想富家同學如果出了什麼事，就要負起責任招你入贅……」

「呃，耶……」

「不過富家同學應該比較希望可以自己選擇另一半吧。啊～好險沒事。」

嗯嗯。櫻先是點點頭，才用白皙指尖將垂落臉頰的柔軟秀髮撥到耳朵後面。幸太發現她的耳朵上有個看似耳洞的小黑痣，感覺自己好像看到了什麼不該看的東西，連忙移開視線。

這個時候，櫻突然將一個包裝漂亮的小盒子遞到幸太眼前：

「這個是慰問品，是我媽媽親手做的餅乾。雖然不知道你喜不喜歡甜食……」

唔！看到那一幕的幸太瞬間喘不過氣——大概是嘴唇乾澀的關係，櫻用桃紅色的舌頭舔了一下豐潤的雙唇。那個嘴唇的柔軟，幸太的下巴再清楚也不過。

「啊……謝、謝謝……沒關係，我喜歡甜食……」

「哇！太好了！」

櫻馬上露出有如花朵盛開的笑容，淡紅色的圓潤臉頰鼓起，瞇起的眼角浮出細紋，那是有如孩子般無防備的笑容。幸太也被她感染，不禁面帶微笑。站著說話的兩人之間，開始出現健康的溫暖氣氛。

「其實我原本想要自己烤餅乾，可是姊姊卻罵我：『妳還想讓幸太更加不幸嗎？』我烤的餅乾，有七成機率會成功喔。」

「幸太一定會吃到三成失敗的。」耳邊隱約聽到菫的聲音，幸太也深表贊同。不過他原本也不知道原來烤餅乾竟然有成功率。

「反正被罵的也不是只有這件事……」

哈哈哈。櫻笑了，笑聲帶著淡淡的嘆息。

「那個……你該不會回家之後又被罵了吧？」

「嗯，我已經習慣了。害得富家同學受傷，還考出那種成績，當然會被罵……姊姊還說無法理解為什麼我明明沒有請假、都有好好上課，還會考出那種成績……她都已經說到不想再說了。」

「啊……」

櫻輕靠在教室門邊，一副垂頭喪氣的模樣。這個姿勢讓襯衫胸前的釦子出現微妙的空間，裡頭白色的驚人隆起一瞬間——不，恐怕還要再久一點——在幸太眼前大放光芒。

不只是瞄到，而是整個看到——來自視網膜的雷擊震撼大腦。一名走過門口的男生也張開嘴巴注視櫻的胸口，結果就是一頭撞上教室的門。那個傢伙的腦袋八成也是遭到雷擊。櫻完全沒注意到自己闖的禍，心情低落地低著頭……

「姊姊從小頭腦就很好……所以她無法了解我為什麼會考出那種成績……」

「啊，是啊，妳說得沒錯！」

不同於平常的幸太激動地用力點頭，不過他並非想藉此減輕自己的罪惡感。

「會長根本就是天才！什麼都很行的天才，所以她不懂做不到的人的心情！」

「對！對對對！就和你說的一樣！富家同學，你居然能夠理解我的心情！」

「嗯……」

帶著微笑的櫻，用柔軟濕潤的雙手抓住幸太的手，用力握住貼在自己胸前。幸太的手背透過襯衫的布料，感受到棉花糖般的觸感。不停震動的腦袋，彷彿整個浸在溫熱的果醬裡，又甜又濃稠，而且愈來愈呆滯。

「姊姊無論什麼時候都是那麼完美！她根本不了解我身為平凡人的心情！她以為大家都和她一樣理所當然能夠辦到！」

「嗯……嗯嗯嗯……唔……」

櫻將幸太的手貼在自己胸前，眼睛泛起淚光激動訴說。幸太就像壞掉的人偶一樣頻頻點頭，眼前像是覆上一層薄膜，陶陶然的嘴巴半開。臉上的表情雖然放鬆，但身體卻是僵硬有如鋼鐵。

「啊，對對對、對不起！我真是太厚臉皮了！討厭，好丟臉！」

臉頰上的桃紅色變得更深，櫻終於放開幸太的手，難為情地抬眼看向幸太：

「可是能夠認識富家同學真是太好了，我之前都沒有對象可以商量姊姊的事……不過這樣又會給富家同學添麻煩吧？對不起。」

櫻一面搖晃玲瓏有緻，充滿女人味的身體，一面滿臉笑容看著幸太。

「也不會，沒有什麼麻不麻煩……」

這是出自內心的真心話。

「真的嗎？謝、謝謝……！富家同學真是溫柔。」

「不不不……沒有……沒那回事……」

「啊，對了，這是姊姊要給富家同學的信。好險，如果忘記拿給你，我又要被罵了。」

會長給我的信？為什麼要寫信給我？嚇到呈現半痴呆狀態的幸太也只能收下很有男子漢風格的簡單信封，信封上面的字很漂亮。寫信也沒有關係，可是明明每天放學之後都會見面，為什麼要特地用寫的？

「那我回教室了。改天見囉，富家同學。」

「啊……嗯……」

櫻滿臉笑容揮手，踏著輕快的腳步沿著走廊離去。目送她的背影，幸太忍不住出聲嘆息，像少女一樣握起剛才經歷過一場幸福的雙手，一點一滴回味方才的觸感。多麼不設防的女孩啊！除了這一點之外，她似乎比想像中還要來得開朗可愛，真是個好女孩。能夠認識妳真的很開心——這是我應該說的話吧？

幸太的臉上掛著曖昧的微笑，準備打開老大寫來的信，不過手卻因為之前的預感而顫抖。雙手顫抖的同時，原本沉浸在果醬裡，陷入痴呆的大腦打了一個冷顫，再度啟動電源。快來了快來了快來了……錯，搞不好已經來了。

不想看。這是幸太的直覺反應，但是又不可能不看。明明沒有打算拿出來，一張信紙卻從傾斜的信封裡掉出來。

『昨天妹妹的作為真的很抱歉。除此之外，我都不曉得原來你每天都遭到我的凌虐。成績優秀、能夠耐得住學長姊虐待，輕易對初次見面的異性感到親切，你這個人的器量之大，真是讓我佩服。因此我要優秀的你幫助櫻補考。要是有一科沒能及格，就是你的責任。』

＊＊＊

「為什麼？」

「喂，幸太太慢了！」

「為什麼是我？」

「北村，前陣子的筆記在哪裡？」

放學後的學生會辦公室裡，迴響著牛頭不對馬嘴的奇妙對話。

二年級的書記和總務兩人組都假裝沒聽見、沒看見，埋首在各自的工作裡。同樣是二年級的學生會副會長北村祐作將筆記遞給堇，在眼鏡後方露出苦笑：

「會長，幸太好像一臉不滿喔。」

「啥？」

聽到北村的話，堇這才看向幸太，十分不爽地皺著眉頭：

「你是死神嗎？幹嘛擺出那種臉？」

「我的臉色這麼差，還不是會長害的。那封信是什麼意思？」

「喔，櫻那個傻瓜沒有忘記把信給你啊。」

堇露出雪白的牙齒微微一笑。幸太轉過頭，不願面對不吉利的預感。

「問我什麼意思，就是信上的意思。櫻的事就拜託你了。唉呀，真是教人吃驚，我看到公布欄上的排名了。你的成績還不賴嘛！明明比其他人晚一個月入學，還能夠拿到那樣的成績，真是厲害！喂，全體掌聲鼓勵！」

「……」

啪啪啪啪……在四個人的掌聲之中，唯有幸太還是一副死神臉孔，沉默不語。這個讚美明明比自己昨天想像的還要好，可是他卻一點也不高興。堇望著幸太的臉，用力叉開雙腿，探出身體朝著幸太說道：

「我就跟你說，別臭著一張臉，看了就討厭。」

「有誰遇到這種獨斷獨行的事不會臭著一張臉的？」

「你討厭櫻嗎？」

「咦？不，那個……不討厭。說真的，我真的……不討厭……或許我還覺得很開心，可以教狩野同學念書……」

「那不是很好嗎！」

啊哈哈哈哈哈！堇用力大笑，還不忘使勁在幸太的背後拍一下，挨了這一掌的幸太差點站不穩。平常的幸太並不討厭堇這種豪爽的強迫態度，可是眼前的情況沒有這麼簡單。

「可是問題不在這裡。我有意見的是『要是有一科沒能及格，就是你的責任』既然會長都放話了，到時候鐵定有什麼恐怖懲罰。再說她是會長的妹妹，妳自己教就行了吧？」

「啊，不行不行，我不行，每天都忙得要死。更重要的是由我來教，櫻又要撒嬌了。」

「那也不一定非要我教吧？」

「你沒有信心嗎？」

「沒有。」

乾脆拒絕的幸太直接走到辦公室角落的專屬座位坐下。這個時候他才發現自己座位的旁邊多了一個沒見過的簾子，不過那種東西不用管它。

「會長自己也知道不是嗎？妳也很清楚狩野同學的成績吧？三個7喔！我雖然不想這麼說，但是我還是要說，只不過是期中考就考出那種成績，根本就是沒救了。」

菫揚起眉毛：

「沒救？」

我好像說得太過分了──幸太雖然這麼想，但是事到如今，也只能明哲保身。

「沒錯。對會長的妹妹說這種話的確很不好意思，可是真的只能說是沒救、絕望。」

「……這可是你說的。」

說什麼？幸太還來不及發問，菫已經大步走過辦公室，一口氣拉開神祕的簾子。

「咦？」

面對這個尷尬場面，幸太根本說不出話來。坐在嚇得往後仰的幸太面前，待在那個特製讀書區裡面的人──

「沒、沒救……絕望……說、說得也是……」

眼裡帶著淚水，身體不斷顫抖的人，正是狩野櫻。坐在椅子上的櫻望著幸太，臉上淨是路人看了也不禁同情的表情。

「沒救……！」

「滴答！」淚水滑落臉頰。

「啊啊啊啊！我、我不是那個意思！不、不是……話說回來……妳為什麼會在這裡！」

「我、我也跟姊姊說過不要啊！這樣只會給富家同學添麻煩！我說了啊！可是卻被姊姊騙來這裡……沒救！絕望！」

仔細一看才發現櫻的下半身被繩子固定在椅子上。怎麼會有這種事！幸太連忙衝過去：

「會長，妳這樣會不會太過分了！啊——真是……竟然用繩子綁著……學長姊既然看見這個情況，為什麼不阻止她？」

「唉呀，因為是會長嘛。」

「會長叫你做什麼，你就做什麼嗎！」

「是啊……就算是把白說成黑、把右當成左、把學妹綁在椅子上……」

就在堇的信徒北村悠哉回答時，幸太已經解開繩子成功救出櫻。可是櫻沒有打算起身，只是坐在不再束縛自己的椅子上，睜大淚汪汪的眼睛。不僅如此——

「狩、狩野同學……？哇！」

她還伸手用力抓住幸太制服的袖子。

「我原本不覺得……事情有這麼嚴重……」

「很嚴重好不好！笨蛋！」堇立刻破口大罵。可是櫻沒有聽進耳裡，只是自顧坐在讀書區裡，抬頭專心望著幸太：

「富家同學！我……我會加油的！」

「什、什麼……？」

就算妳這麼說——就在幸太猶豫之時，堇已經有所動作。她快手快腳攤開摺疊椅，擺在櫻的書桌對面。

「唉呀，太好了！櫻總算有幹勁了，這也是你的功勞！」

「呃……」

幸太的膝蓋被人從後面一頂，失去平衡就要摔倒之時，椅子正好從後面靠過去，幸太「咚！」一聲坐在椅子上。「等一下！」幸太打算站起來，雙手卻被緊緊抓住。她用柔軟濕潤的雙手握住幸太的手，趁著幸太一時神智不清的機會說道：

「富家同學，拜託你！請教我念書！」

「就算……妳……這麼說……」

「拜託你！我一定會加油！一定不給你添麻煩！我只能依靠富家同學了……求求你！」

櫻的眼中帶著淚水，目光直視幸太。染成櫻色的眼角、因為激動而漲紅的臉頰，全都陷在粉紅色的光芒裡，她的輪廓看來朦朧、甜美……感覺好像接下來就會開始脫衣服。沉迷在這種氣氛裡的幸太有種莫名的覺悟，腦中不禁浮出一句話——自己送上門，不吃不是人。

「嗯、嗯……啊！」

他已經不知不覺點頭了。

「你答應了？謝……謝謝！真是謝謝你！」

完了，幸太回過神來已經太遲。堇站在幸太背後，以強而有力的手抱緊幸太的肩膀：

「抱歉了，幸太。到補考的日子還有十天左右，這段期間的總務工作就由我兼任，你在放學之後就來這邊監督櫻。如果你半途放棄，或者櫻有哪一科沒有及格——」

「我、我反對暴力！」

「不是——接下來我就連續留級兩年，和你分到同一班，一起享受校外旅行的樂趣，讓你的人生一團糟。」

「太慘了，妳還是打我一頓吧。」

「運動會也和你一起，校慶也在一起，照片裡面都是我們兩人的合照。拍畢業照那天一起請假，好讓團體照旁邊擺上我們兩人的合照。我要讓你的高中時代回憶，全部都和狩野堇有關係。順便告訴你，到那個時候我已經成年了。」

「……太可怕了。」

「那就給我好好加油。」

堇的眼睛輕眯成一條線，臉頰露出充滿男子氣概的微笑。另一邊的櫻則是盤起頭髮、握緊拳頭「好，念書了！」惡狠狠地瞪向眼前的課本。

幸太在一家都喜歡強迫別人的狩野姊妹包夾之下，除了覺悟也別無他法。

3

用厚重簾子分隔出來的狹窄學生會辦公室角落。

「嗯……嗯、嗯……」

「啊……啊、啊……！那邊！那邊是……」

惱人的喘息，緊緊靠在一起的兩人滿頭大汗。

「那、那邊不行、不……啊——！狩、狩野、同學……！」

「不行嗎！呀啊、呀啊！富家同學，這邊！這邊——！嗯！」

簾子的一角無聲掀起。

「有、有什麼事嗎，會長？」

「姊姊，怎麼了？」

「沒事。我只是在想你們在做什麼……」

只見堇清爽端整的雪白美貌帶著不舒服的表情窺探簾子另一頭。幸太與櫻面對面坐在堆滿教科書與參考書的小桌子兩邊，兩個人的眼神都很嚴肅。

「做什麼……不就是你看到的這樣？」

「真是的，人家好不容易專心了。」

「抱歉……」

堇的臉再度無聲縮回去。呼——櫻喘了口氣，拿起手帕擦拭滿是汗水的額頭說道：

「啊～好熱喔，富家同學。我們稍微休息一下，去買個飲料吧？」

幸太用手背擦過同樣汗涔涔的額頭，認真地搖頭說道：

「不可以，狩野同學……竟然出這種錯……至少在把這邊弄懂之前，還要再加把勁。」

「好、好吧……」

並不是幸太不熱，畢竟季節來到六月，今天放學之後比平常還要濕熱，舊校舍又沒有冷氣，再加上這個硬是隔出來的半坪空間裡，空氣幾乎無法對流，此時的讀書區就好像三溫暖一樣。

即使如此，幸太還是無法離開座位。因為櫻的程度實在糟到不行。

「這邊可以看著說明照做，妳就按照它寫的方式再算一次吧。」

「嗯！嗯……唔～嗯……」

櫻一手支撐發熱的臉頰、一手拿著自動鉛筆、眼睛看著參考書；幸太則是看著櫻的動作。因為天氣熱，於是櫻也解開領結、打開釦子，幸太正好可以看到櫻流著汗水的胸口。現在不是這種時候。不可以。

櫻的自動鉛筆停止移動。她的確是一邊看著說明一邊解題——

「嗯……富家同學……這裡為什麼會變成這樣……？」

「這邊是……這樣、根據這個……所以這樣。」

幸太一面開口說明，一面不停快速計算。

「呼……？嗯……？嗯～～？喔！」

「哇啊！不小心就算完了！」

「好厲害！可是太快了根本看不懂。」

這樣不是辦法。不行，櫻跟不上。

櫻並不是不認真，只見她拚命地用手指跟著幸太解答的算式，自己在筆記本上用同樣方法再算一次。可是即使如此——

「啊！啊啊！」

「嗯？」

「那邊！那邊！」

「啊——！」

還是算錯了。不只數學，連英文、古文、理化、社會都一樣。教她念書到現在才第二天，幸太已經開始覺得累了。這樣下去補考有可能五科全過嗎？現在的狀態真的只能用沒救、絕望來形容。

「幸太、櫻。」

簾子一角再度掀起，堇探頭進來：

「時間到了，差不多該結束了。」

「咦！已經這個時候了？我們才做一題？」

幸太大受打擊，在他對面的櫻尷尬地搔頭。筆記本上只有一道數學題目的算式。

「會長，請把鑰匙借我，我想再陪她念一下。出去的時候我會把門鎖上。」

幸太無視流下的汗水如此說道，「喔喔！」堇立刻挑眉說道：

「我第一次看到幸太這麼有幹勁。你平常開口閉口總是『唉』、『辦不到』、『沒辦法』、『為什麼是我』……讓我想要好好磨練你的耐力，沒想到你也是有毅力的嘛！」

「唉。」

堇討人厭地嘟起嘴巴模仿幸太的模樣，可是幸太沒那個閒工夫搭理她。他現在最在意的就是眼睛看到櫻計算錯誤的地方。

「拜託幸太真是太好了。抱歉了，那我就先走一步，交給你了。」

幸太匆匆從堇手上接過學生會辦公室的鑰匙，立刻開口訂正：

「狩野同學，那邊！」

「咦……啊……嗯……」

就在櫻感到不解而煩悶時，學長姊全部離開辦公室，接著只聽到門關上的聲音。

一片寂靜的空間裡，只能聽見櫻手上自動鉛筆寫字的聲音。

「嗯，咦……？」

聲音停了。

「嗯……對不起，富家同學。這裡我好像還是不懂……」

一看才發現她又卡在和剛才同樣的地方，於是幸太再算一次給她看。

「唔——嗯……然後……」

她不再出聲，重複和剛才相同的舉動。既然不能丟下櫻不管，我該怎麼辦——我應該怎麼教她？

「等……一下……」

「嗯……」

幸太盯著櫻的計算過程，不禁陷入沉思。

若是硬把人類分成「菫類」和「櫻類」，幸太一定是屬於「菫類」。如果幸太有指導別人的才能，或許就不用這麼辛苦，可惜就是沒有。為什麼櫻會在那邊出錯？為什麼她會不明白而頻頻吃苦？老實說幸太真的不明白。雖然打算以仔細研究的方法教她，櫻只是傻傻坐在那裡，看不出來她有任何理解的模樣。幸太一開始就卡在到底要怎麼說明櫻才會明白。一旦幸太遇到問題，櫻當然也是一頭霧水。如此一來再怎麼說明思考方式，也只是白費工夫。即使記住一個思考方式，要做下一題時又不會了。

「這樣實在沒什麼效率……補考是下星期……」

櫻聽到幸太不自覺的自言自語，眼睛雖然看著筆記本，還是滿懷歉意說道：

「真對不起，都是我太笨……」

「不，是我的教法不對。」

「才沒有那回事。再讓我自己試一次。」

心不在焉的幸太看著櫻回到第一個步驟開始計算，突然想到——這麼說來，櫻現在雖是這樣，入學考試應該考得不錯吧？要不然怎麼進得來這間高中？這間高中的水準其實還滿高的——雖說幸太的第一志願水準更高。

「狩野同學，妳考高中時有去補習班嗎？怎麼準備考試的？」

「自己念的。」

「騙人！」

「無論是朋友還有老師，大家都說是奇蹟。」

「如果每次考試都發生這種奇蹟就好了……」

「唉呀……我也很希望……高中入學考試時，我真的用功到了連自己都不敢相信的地步。在學校念書，回家後只睡一個小時，醒來後馬上念書、晚上吃過飯洗過澡就一直拚到半夜一點，睡到四點起來繼續，然後再去學校……就是這樣不斷循環一整年。」

「喔，嗯……」

在那之後只不過經過兩個月，就已經變成現在這個差勁模樣……雖然這麼想，但是幸太不敢說出口。即使沒有說出口，不過腦袋還是忍不住思考，這就是所謂的「彈性疲乏」吧？

「雖說用同樣的方式也可以……可是我實在提不起勁。」

嘿嘿——櫻笑了，並且用力伸個懶腰，發出像貓一樣「嗯～～！」的聲音……惱人的嘆息。兩人停止對話，四周一片寂靜。

對了，現在只有我們兩人獨處——注意到這點的幸太，看見櫻濕透的夏季制服下面隱約透出的內衣蕾絲。他趕緊挪開視線，因為心跳加速的聲音似乎會被聽到，再說在這種密閉空間看到那個，接下來……（自我克制）。

幸太企圖掩飾心中的動搖，連忙開口說道：

「如、如果選擇普通一點的學校，考試就不用這麼辛苦……糟糕，我真是沒禮貌……」

我說錯話了。

幸太帶著歉意搔搔頭。「沒關係、沒關係。」櫻只是露出盛開花朵一般的可愛笑容，揮手說道：

「你說得沒錯，我自己也知道。老師也常常這麼說……發生奇蹟雖然很棒，可是後面就糟了之類的話。即使如此，我無論如何，不管有多辛苦還是想進這間學校。就是因為這樣，我才能夠忍受辛苦，才能夠無論有多睏，只要坐到書桌前，就會攤開參考書。」

「……」

總覺得訴說這番話的櫻身後，隱約有個男人的身影。幸太不禁沉默不語——感覺很可惜，在這裡教她念書的自己好像待錯地方……現在適合用輕鬆的語氣發問嗎？問她是不是為了和男朋友上同一所學校。

可是櫻乾脆地推翻幸太的猜測。

「因為我無論如何都想和姊姊念同一所學校。」

「會……會長？」

「是啊。」

櫻爽快地說完之後，立刻瞇起褐色的眼睛——現在這樣的確有一點像堇。雖然說在堇的臉上看不到微微泛紅的渾圓臉頰與放鬆的幸福嘴唇，因為那是櫻才有的甜美風格。

「導師原本建議姊姊到更好的學校，如果考上將是創校以來的最高紀錄。可是三年前的秋天，家裡的生意不太好……我們家是開店的。所以姊姊才會決定選擇這間給予特殊待遇的學校。老師都很反對，就連校長也來過家裡好幾次，說現在還來得及、另一間學校也可能提供獎學金。可是姊姊……你也知道她就是那樣……她說這間學校距離家裡比較近，可以幫忙家裡。她選擇的是一定不會增加爸媽經濟負擔的道路。」

「啊，嗯……我似乎可以理解。」

少囉唆，你們不要隨便插手，我已經決定了。幸太眼前不由自主浮現菫以男子漢的捲舌音，用驚人的氣勢壓過老師的姿態。

「爸媽也哭了，他們說都是因為自己才會讓菫做出這種選擇，所以他們開始拚命工作，結果隔年的生意也變好了。而我……則是在心中想著這是最後的機會。」

「什麼機會？」

微笑的櫻露出潔白的牙齒，眼神比菫要來得溫柔：

「能夠和姊姊念同一所學校的最後機會。」

真是個壞妹妹——櫻對著攤開的筆記本低聲喃喃自語。

「姊姊從以前就很厲害，不論做什麼事都很順利。我們兩個從小總是穿同樣衣服、老是

膩在一起，可是上學之後就開始出現差異。姊姊越跑越前面，跟不上的我覺得無趣就會放棄。不論小學還是國中，姊姊都是『大家的狩野堇』，不是我的姊姊。上同一所學校，參與同樣的活動時，姊姊總是講台上面的人，我只能待在台下，和大家一起抬頭看著台上。我老是跟不上、老是被拋下、老是被取代、沒辦法和她並肩、沒辦法待在她身邊。我的姊姊不見了——國中時代的我經常這麼想。所以我認為這是最後一次能夠和她念同一所學校、和她有共同點的機會。因為以姊姊的程度考得上的高中，我絕對考不上，只是沒想到姊姊選了排名較低的學校，雖然這間學校對我來說還是很困難，但也不是完全沒機會。如果是這間學校，只要我全力以赴，絕對有可能考上。」

「這樣啊……」

「我很清楚大學絕不可能同校，所以這次真的是最後的機會。只有一年也好，我想和姊姊上同一間學校，我想和姊姊有共同點，不只是住在同一個家裡……我想和她看同一個世界……這種妹妹也許會讓姊姊覺得丟臉……可是我還是想和她在一起。」

櫻所說的話，幸太可以理解。

只是對於獨生子的幸太來說，這麼想和堇待在同一個地方的執著心情讓他感到陌生。這麼想和姊姊在一起嗎？幸太試著回想那些有兄弟姊妹的朋友，卻想不起有任何人曾經表達過類似的想法。

「我也不是不了解……只是妳真的那麼想和自己的姊妹在一起嗎？」

「我最喜歡姊姊了！」

極為簡單的回答，讓幸太不禁說不出話來。

「我最喜歡姊姊了。我也知道我們的程度差太多，程度差這麼多，等我們成為大人之後的差距也會更大，到了最後就會分道揚鑣。像姊姊這麼厲害的人不可能留在狹小的日本，她會出國、她的世界會愈來愈寬闊……這也是大家的希望。她會在距離平凡的我幾萬公里、幾百萬公里的地方，成為『大家的狩野堇』……她就是為此而生的。」

我無法說櫻的話「太過誇張」，因為就連我也是每天生活在堇超越一般人的頭腦與領袖魅力之下。

「所以至少現在！只有現在，我無論如何……無～論如何都想要待在姊姊身邊！不管她怎麼生氣、怎麼討厭我，我都要跟著姊姊！我不想後悔！如果不這麼做，等到確定分開的那一天，我就沒辦法笑著目送姊姊離開了！」

咚！櫻敲著桌面用力說道：

「一定要辦到……！補考一定要過！如果在這種地方失敗，就非得轉學不可……！」

櫻咬著嘴唇，視線再度看向筆記本，氣勢十足地拿起自動鉛筆開始計算。

「那裡，每次都錯那個地方！」

「嗯！啊、啊啊……！嗯唔唔……！」

「啊啊啊……啊、啊、啊啊啊……！」

超級戀姊情結——簡單來說就是這麼一回事。

可是幸太不覺得厭煩，也不感到討厭。如果今天換成是我，櫻的心情我也很能理解。對於此刻的幸太來說，堇是「可靠的大哥、豪爽的師父、老愛作弄人、給人添麻煩，基本上還是超級厲害的學姊」。只是今天我也像櫻一樣這麼喜歡堇、想待在她身邊……不對，假如我愛上堇、想要成為她另一半；假如我希望和她並列、希望她愛上我、希望和她處於同等地位——這是多麼痛苦的一件事。跟不上她的自己是多麼渺小、多麼令人煩惱？被拋下的恐怖又是多麼可怕？

幸太能夠充分體會那種感覺，因此他想要為了櫻更加努力。堇的威脅當然恐怖，但是現在不只是為了那個原因，而是幸太想要盡全力拯救櫻。

外頭天空終於完全暗下來——

「情況如何？」

北村掀開簾子，探頭進來發問。

「北村學……啊，汗臭味！」

同時兼任壘球社社長的北村，總是在學生會的工作結束後立刻跑到壘球社。現在身穿髒兮兮練習服的北村，面對幸太沒禮貌的發言，只是爽朗地笑著說道：

「抱歉抱歉。因為我看到燈還亮著，所以趕快送慰問品過來。」

「哇啊！謝謝！」

「啊，真是不好意思。」

北村遞給櫻和幸太一人一罐果汁與飯糰。他的眼鏡用透氣膠帶黏在鼻子與太陽穴上，實在教人在意。

「喔，英文……好懷念啊，和去年我們考的內容差不多出自同一個地方。」

「你還記得？」

「是啊。不過這個也寫得太亂七八糟了。」

北村沒有觸及櫻的分數，只是看著錯誤百出的考卷笑了。竟然記得一年前的考題，未免太厲害了吧！對了——幸太突然想到：

「學長，這個你懂嗎？我知道應該怎麼回答，可是我不曉得要怎麼說明才能夠讓狩野同學明白……」

幸太指著題目詢問北村。雖然是英文作文，但是他搞不懂櫻為什麼會犯下這種錯誤，現在的幸太實在不知道如何說明。

「哪一題？啊，原來如此。這個嘛，你知道什麼叫及物動詞與不及物動詞嗎？」

「嗯……這個嘛……我知道字典上面有這樣寫，不過……因為看不太懂，所以一直當作沒看見……」

「問題就出在那邊。聽好了，及物動詞就是──」

兩人聽著北村簡單說明了幾分鐘，幸太不禁感動不已。他原以為自己很清楚的概念，這時候才總算恍然大悟、真的了解。

「……大致就是這樣，懂嗎？」

「啊啊……」

「啊啊……」

兩位一年級生盯著北村為了說明而寫下的內容出神。國中時模糊知道的ＳＶＯＣ（主詞＋動詞＋受詞＋補語）句型有了活生生的意義，讓兩人的思緒煥然一新。

「我懂了……原來是這樣！」

櫻再度看向問題。在她對面的幸太也點了幾次頭表示贊同：

「總覺得……比老師的說明還要簡單很多……啊，原來如此，這樣就懂了。學長，你真的很厲害……」

幸太不但憑著自己原有的聰明腦袋了解教導的重點，也抓到之後如何讓櫻容易明白的說明方法。幸太的眼裡帶著尊敬，抬頭望向北村。

「沒那回事，我一點也不厲害。我是因為完全聽不懂老師的說法，只好拚命吸收，好不容易才弄懂的。真正厲害的人無論老師怎麼說明，只要聽一次就能完全明白。就像會長。」

「不，學長也和會長同個等級。」

幸太看著北村心想，如果北村想要追求菫，一定沒有問題。就是要像這樣的男人，才能夠待在菫的身邊。

「如果是學長，一定跟得上會長。」

櫻撕開飯糰的包裝，也跟著點頭說道：

「沒錯沒錯。北村學長跟姊姊很像……雖然姊姊不會這麼溫柔地教我……」

可是北村卻瞪大眼睛，一面搖頭一面說道：

「怎麼可能？要追上會長，我還差得遠了。」

「怎麼會呢？」

「就是會。我的程度還太差。」

幸太突然想到——這還是第一次看到北村學長露出這種表情，這種似乎感到寂寞、無所依靠的表情。

＊＊＊

幸太與櫻的讀書會，接下來也在「啊啊、啊啊啊！」「那邊、那邊！啊，狩野同學，那邊～～！」「富家同學～～討厭！啊——！」「這邊——！」「那邊——！」「那邊——！」這種充滿情色的對話中繼續。有時會獲得北村的協助，有時會被堇嫌吵，總之每天都在學生會辦公室不停用功。

總算注意到只有放學之後的讀書時間不夠，於是兩人在早上七點到第一堂課開始前，會約在教室裡讀書；到了規定的離校時間，就接著去站前的麥當勞讀書；午休時間櫻也會特地跑到A班問幸太問題，幸太也會一一仔細解答。

找出一個又一個問題，再將它們各個擊破。櫻把胸前的鈕釦打開一顆、兩顆，雖說只有一點點，不過這樣有助於她在考試前的動腦思考。

而且幸太也抓住櫻的想法，得以找出她容易出錯的地方先行講解，還一次又一次承受櫻因為暑氣而潮紅的肌膚、塗了唇膏的光澤嘴唇，以及豐滿柔軟胸部的桃色衝擊。

短暫的十天一轉眼就過去了。

「啊，好、太好了，狩野同學——！」

「嗯啊啊、富家同學唔啊啊啊——！」

「哈！」

「呼！」

然後——

4

終於到了補考的日子。要哭要笑，天一亮就見分曉。

「就在前面那個角落。特地要你過來真是對不起。」

「沒關係，我一點也不在意。」

放學的讀書會結束之後，幸太與櫻一起走出校門，搭乘公車搖晃十五分鐘，下車之後再步行五分鐘。

商店街的轉角聚集一大批為了準備晚餐而騷動的主婦，他們總算抵達狩野家。不過——

「這裡就是狩野同學家啊……」

真是太過出乎意料，幸太忍不住呆立原地——幸太的眼前是正在爭搶限時特賣商品的人潮。幸太還以為狩野家是純和風豪宅（根據菫的印象），或者是度假小屋風格的可愛西式透天厝（根據櫻的印象），沒想到兩者皆非。

「嗯，我家是開超市的。」

主婦群集的店面，招牌上寫著「狩野屋」。這間貼近地區民眾、規模不大卻很受歡迎的超市，就是菫與櫻的家。

櫻領著幸太繞過店面後方，爬上樓梯就看見小小的玄關。櫻拿出繫著綿羊玩偶鑰匙圈的鑰匙打開門。

「我回來了——我帶富家同學回來了——來吧，快進來。」

「啊，打擾了。」

襪子是新買的，準備萬全！於是幸太脫下鞋子——

「喔——你們真慢啊。」

不同於平常的菫出現在玄關，只有口氣還是和平常一樣充滿男子氣概，至於打扮——長頭髮在耳朵下方綁成馬尾，白色上衣搭配柔軟材質的長裙，臉上還掛著盛開花朵般的微笑。

「真是不好意思，幸太。你跟父母親報備過了嗎？」

「已經說了……話說回來，會長……妳這副打扮看起來好有女人味。」

「呵呵呵，對吧？我在家裡可是穿裙子喔。」

露出男子漢笑容的裙裝大哥讓幸太換上拖鞋，帶領他進入屋內。住家的部分收拾得很乾淨，而且意想不到地寬敞。堇和櫻各自擁有自己專屬的房間，感覺起來光是櫻的房間就有四坪大小。

「來，請進。」

幸太有些不好意思地進入櫻的房間，立刻聞到一陣乾淨的香味。鋪在地上的地毯是米色底色配上粉紅圓點花樣，窗簾與床單也是粉紅色系，很有女孩子的風格。幸太注意到自己不知不覺四處張望，連忙停止丟臉的行為。

「你坐在這邊等一下，我去那邊換衣服。」

櫻說完之後，就給幸太一個少女風格的抱枕，並且從衣櫃裡拿出家居服走出房間。她拿衣服的時候，有件蕾絲順勢掉在地毯上。那是什麼？幸太試著看清它的真面目，可是心頭為之一震……那不是內褲嗎？

不能看！幸太用力扭過脖子，僵硬地閉上眼睛。可是……如果只看一眼……反正沒人在……我只是想看清楚是哪種款式的內褲……不行不行不行！我到底在想什麼？怎麼可以做這種事！可是只看一眼……幸太的內心正在激烈交戰，最後只剩下慾望兩字。就在他稍微睜開薄眼皮的瞬間——

「喝紅茶好嗎？」

「哇啊啊啊！」

「你一個人在吵什麼啊？」

捧著托盤的堇出現在眼前，原本坐著的幸太跳起來大約三十公分。感到納悶的堇盯著幸太，跪在矮桌前面準備放下托盤——

「唔！」

鏗！茶具差點掉落在地。看樣子她似乎是看見妹妹掉在地上的內褲了。

「我、我什麼都沒做！那是狩野同學不小心掉的！」

「我也不認為你有勇氣去偷內褲……」

似乎什麼都知道的堇挖苦了一句。於是她輕輕撿起內褲，塞回衣櫃深處。大概是幸太多慮，她的背影看起來很疲憊的樣子。

「幸太……剛剛的事你就當作沒看到吧。」

「當、當然……不用妳說我也打算這麼做。」

聽到幸太的話，堇轉過頭來：

「雖然是我硬是把櫻推給你照顧——」

堇用很不像她的不乾不脆口氣說道：

「——很抱歉妹妹這麼沒有防備，那個傢伙一點自覺也沒有……我知道你不是會莫名其妙誤會的笨蛋……不過我還是以姊姊的身分向你道歉。」

「不、不用……也沒什麼好道歉……原來會長也覺得她毫無防備啊？」

「是啊，一點防備也沒有。」

在微妙的空氣中，一陣活力十足的腳步聲往房間飛奔而來。

「對不起，富家同學久等了！啊，姊姊，廚房的點心可以吃嗎？」

滿臉笑容的櫻，雙手抱著一大堆點心。接下來要和異性熬夜念書，身上卻穿著充分展露身體曲線的寬鬆V領衫和長不及膝的迷你裙，這身家居服未免太沒有戒心、太耀眼了。露在外頭的纖腿、胸口、脖子，都是一片白皙。

「……」

「……」

「咦？怎麼了？為什麼你們兩個都不說話？」

「……」

「……」

「咦～～？什麼什麼？到底怎麼了？怎麼了嘛？」

補考前一天，今天晚上要在這裡——狩野家過夜，並且進行最後衝刺。對櫻來說是賭上勝負的夜晚，對幸太來說也是一決勝負的夜晚。

和什麼東西一決勝負？

當然是V字領。

過去從來不曾深入思考V字領的威力——至少幸太是這樣。

「嗯……嗯、嗯、嗯……嗯。」

櫻皺著眉頭，認真地盯著英文，一隻手「啪啦啪啦！」翻動旁邊的字典，將筆記本拉到手邊，從鉛筆盒裡拿出橡皮擦，雙手不慌不忙地在矮桌上移動，在唸出答案加以確認的幸太面前，將剛才寫的翻譯擦掉。

這個時候，位於V字領中央，櫻毫無防備的胸口直朝幸太襲來。就連櫻靜止不動，那白皙到嚇人的肌膚與鎖骨的陰影，都是捕捉幸太視線的陷阱，教他移不開雙眼。除此之外，隨著櫻的手部動作，都讓隆起的柔軟雙峰不停晃動，強烈主張自己的存在。雙峰晃動時中央完美呈現的乳溝陰影，一下子寬……一下子窄……

「啊、嗯……原來這是慣用句……這是什麼？between A and B……是……」

被夾在……A（右）和B（左）中間……像那樣波濤洶湧……

「好，寫好了。富家同學，這邊我翻好了！」

A（右）和B（左）有如兩個不同生物……互相交錯的……上下……左右……

「富、富家同學?」

「如果我……被between……」

「……我是不是搞錯了呢?」

「唔……!」

幸太終於回過神來──都要怪眼前的視覺效果,提升了between的衝擊。櫻跪起身子伸出手,想要拿幸太面前的筆記本。乳溝從正前方逼近,幸太已經快要說不出話,當下感覺自己眼前的空間開始扭曲。

不行──已經到了極限。

「那、那個……狩野、同學……」

「嗯?」

正在認真看著翻譯內容的櫻,聽到幸太的聲音便睜大眼睛,抬起頭來問道:

「什麼事?」

她完全不把幸太的詭異視線當成一回事,臉上的笑容絲毫不帶陰影。呃……幸太說不出話來,只能尷尬地咬著嘴唇。我該怎麼對眼前的櫻說明?妳從剛才開始,胸口就被我看得一清二楚,可不可以去換個衣服?

任意以猥褻眼神看著她的人是我;對認真念書的櫻,心生妄想的人也是我;溶化的腦漿快從耳朵流出來的人還是我。很色的人不是櫻，是我。所有的過錯全都是我。

可是——話雖如此，如果再這樣繼續下去，幸太知道自己根本幫不了忙。心裡雖然想要專心，但是精力與體力卻被眼前不斷搖晃的「棉花糖大樓」A棟與B棟吸收。

「富家同學，怎麼了?想上廁所嗎?」

「不、不是……」

不行，我說不出口。

如果說「去換衣服!」不就意味到目前為止，我都是用骯髒下流的眼光看著她嗎?她應該會說：「咦?原來富家同學一直這樣看我嗎?為什麼不一開始就告訴我?告訴我胸部走光了?如果你告訴我，我就會馬上換衣服啊!你一定是盯著我的胸部想些下流的事吧!既然這樣……你應該早點告訴我啊……」無力，渾身無力。

「不是的!」

「不是想上廁所，那就是……啊，是肚子餓了吧?這麼說來差不多是晚餐時間了，媽媽不知道回來了沒?」

櫻露出微笑並且雙手抱胸，受到擠壓的棉花糖大樓幾乎要從V字領裡頭跑出來。幸太的大腦已經溶化變成液體。

「情況如何?晚餐差不多好了，休息一下吧?」

「啊，姊姊。」

「會、會長……」

沒敲門的菫直接把頭探進門內，幸太不由得定眼望著她。菫似乎察覺到不對勁，於是挑眉用眼神問道：發生什麼事？

櫻背對幸太，轉向打開房門的姊姊說道：

「今天晚餐吃什麼？我和富家同學肚子都餓了～啊，廚房傳來好香的味道，這個味道是……漢堡排嗎？」

櫻認真嗅著空氣中的味道，並且加以確認。

在櫻背後的幸太趁機拚命用肢體語言向菫求救，在胸前比著V（意指「狩野同學的V字領」）、雙手比出胸部的隆起（意指「胸部快要跑出來」）、手指著自己（意指「我已經」）、激烈搖晃腦袋（意指「不行了！」）。

菫到底懂不懂——幸太雖然感到擔心，不過這只是杞人憂天。再怎麼說對方可是狩野菫，她不僅迅速理解現況，還看出幸太瀕死的表情——好像是這樣。

「喂，櫻。」

「嗯？什麼事——？」

「妳的臉色看來不太好，是不是覺得冷？啊，果然沒錯，這邊好冰。」

堇一面把手擺在櫻的脖子上，一面煞有其事地說道。

「咦？是嗎？可是我並不覺得冷……」

「不行不行，明天就要考試了吧？萬一感冒就糟了。來，把這個穿上，而且拉鍊一定要拉起來。」

堇拿起掛在椅子上的薄外套遞給櫻，半強迫地要她穿上，並將拉鍊拉到最上面。

「這、這樣有點難受……」

「這樣才好，著涼就糟了。喂，幸太，你要好好盯著她，別讓她把外套脫了。」

「是……遵命！」

明明就不冷！櫻一臉不滿。在她身後的堇若無其事地對幸太豎起大拇指。真是可靠……堇不愧為精神領袖！幸太也豎起大拇指回應，一邊打從心底感謝眼前這位值得依賴的大哥。這樣一來，總算能夠集中精神專心念書。

「我去問問晚餐還要多久——」

「啊……」

看到櫻搖搖晃晃起身，幸太忍不住低吟一聲，堇也當場遮住臉。

輕快走出房間的櫻，裙子往上翻到屁股附近，淡橘色的可愛內褲也毫不保留地呈現在兩人面前。

＊＊＊

「……！」

突然驚醒，幸太連忙擦拭嘴邊。

夜愈來愈深，胸部的乳溝與翻起的裙子總算被理性趕出腦袋，幸太好不容易才能夠認真讀書──可是他記得自己的眼睛只閉上幾秒鐘，沒想到一看時鐘已經過了三十分鐘。

「對、對不起！狩野同學，我睡著了！」

「沒關係、沒關係，反正我在背書……你要不要到我的床上小睡一下？」

「不用不用……啊，嚇我一跳……怎麼不知不覺就睡著了……」

幸太的肩上還披著櫻的毛衣，櫻的體貼讓幸太感到萬分抱歉。明明是來教櫻功課的人，竟然當著她的面睡著了。

不太高興的幸太正想搔頭，才注意到自己的右手麻了。應該是趴在桌上睡覺壓住的關係，而且是難看地張開嘴巴睡著，喉嚨乾得不得了的幸太乾咳幾聲。

「來，給你。雖然有點冷了。」

「啊，謝……咳咳咳……咳……謝謝。」

櫻將茶壺裡的茶倒進馬克杯遞給幸太，臉上帶著一如往常的笑容，但是眼中泛著愛睏的淚水，下眼皮微微泛紅，大概是為了驅除睡意而塗太多曼秀雷敦的關係。真是對不起！幸太在心中道歉，並且把腦袋切換到念書模式。

「我睡著的時候，妳看到哪裡了？」

「到這邊。」

兩個人小聲交談。幸太的眼睛循著櫻的筆跡，可是櫻突然用手指向幸太的臉頰：

「呵呵，這邊有痕跡。」

幸太連忙伸手磨擦臉頰，可是這麼做當然擦不掉打瞌睡的證據。櫻以沙啞的聲音笑過之後，視線再次回到筆記本上。自動鉛筆動個不停，看來暫時沒有幸太出場的餘地。

留神一看，窗外的天空已經開始微亮。

幸太一邊磨擦臉頰一邊計算——距離天亮還有三小時。再過三小時就是清晨。

天一亮就是補考的時候。

櫻低垂著長睫毛，讀著筆記本角落幸太記下的重點。

睫毛落在臉上的倒影很美；她的嘴唇上面有個小痣；專心時有咬自動鉛筆的習慣——這一切幸太都很清楚，因為幸太已經看了很久櫻低著頭的模樣。

現在咬著下嘴唇的模樣也是。

左手撥弄頭髮的動作也是。

還有……突然抬起頭來四目相對時的害羞微笑。

「嘿嘿，我們的視線對在一起了，富家同學。」

「別看我，看這邊，這邊。」

這個時候，幸太一定會邊敲櫻的筆記本邊這麼說。「好──的，老師。」櫻也會擺出滑稽的嘴型回答──這一切是最近的十天裡，幸太處在比任何人都接近的位置看到的一切。

這個時候他才了解，等到補考結束之後，自己再也看不到這樣的櫻，就要和嘴唇上面的小痣、極近距離的微笑眼睛說再見了。

再也不會因為櫻不設防的舉動而大受打擊。

再也不會聽到菫在茶餘飯後炒熱氣氛的八卦。

我就要和名叫狩野櫻的女孩分開了。

好寂寞──幸太無聲呢喃，真切感受著心中那股情感，彷彿還很遙遠……他希望那種感覺別這麼快到來……

「富家同學，這邊有點問題……」

「嗯？哪裡？」

對於櫻的問題，幸太比平常更認真回答。因為這次說不定是最後一次。

黎明近了。

＊＊＊

「對不起，富家同學，我家的櫻給你添了這麼多麻煩……」

「啊，沒什麼，小事一樁。」

「真的不用送你回家嗎？」

「我想把放在學生會辦公室的東西帶回家，所以到這裡就好。」

咳咳——幸太輕咳幾下，打開後座車門下車。狩野姊妹的媽媽開著上面寫著「狩野商店」的車載他過來。

「櫻，到了喔……櫻！」

「……」

坐在副駕駛座上的櫻睜開通紅的眼睛：

「我睡了五分鐘嗎？」

「傻孩子，妳從出門就一路睡到學校，已經睡了二十分鐘囉。」

「已經到了！」

櫻驚訝地環顧四周，發現車子停在校門前面。「太好了！」隨手做了一個勝利姿勢。因為菫在出門前告訴她：

『記憶會在睡覺時固定在腦袋裡，所以上車之後最好睡一下，就算只有一兩分鐘也好。這樣妳的記憶才不會支離破碎。』

「喂，別做那種傻事，快點拿著東西下車吧！沒忘了什麼吧？要感謝富家同學喔！人家可是很努力幫妳喔！如果補考有哪一科沒過……妳知道吧！

「我知道我知道……富家同學對不起，讓你久等了。」

下車的櫻臉比平常更白，眼皮下面掛著黑眼圈，嘴唇乾燥，頭髮也有些蓬亂，彷彿忘了把平日的濕潤甜美帶出門。

「要補考了，得加油才行。」

看著櫻的幸太同樣面無血色。他再度咳了幾聲——沒辦法，喉嚨好乾。

今天是學校休假的星期六，也是不及格學生的決戰日。補考就在今天正式登場。

站在不見人影的校門前面目送狩野家的車子離開，櫻用力握住拳頭：

「我會加油的！富家同學至今為止這麼努力教我，一定沒問題的！」

「沒錯沒錯，就是這股氣勢……咳！咳！」

「咦？你、你還好嗎？」

櫻一臉擔心看向幸太。「沒事沒事……」幸太揮揮手，帶著幾分逞強挺起胸膛。大概是快感冒了吧……啊、沒錯，這一定是感冒的關係。

這股背後竄起寒意的感覺，與平常的「那種預感」不同，應該是感冒病毒的關係，而且一直咳個不停。

「對不起，昨天還勉強你陪我熬夜。」

並肩走在一起的櫻感到過意不去，不禁垂著眉說道：

「今天還特地陪我過來，真的很謝謝你。」

「沒什麼，反正我也要順便來拿忘記帶的東西……」

「無論怎麼對富家同學道謝都不夠。真的很謝謝你，謝謝你。」

就說不用謝——幸太面露微笑，心裡想起昨天晚上的事情。

為我準備晚餐，每過兩小時就來關心一次的狩野爸媽、似乎也跟著我們一起熬夜的大哥、在下眼皮塗抹曼秀雷敦，展現驚人專注力的櫻。櫻雖然向我道謝，其實我只是想回報櫻的努力，也想回報櫻的爸媽和堇的支持而已。

這一切都是為了今天的補考。

只要有一科不及格，就會遭到學校毫不留情的留級處分——昨天晚上狩野姊妹的爸媽說得很清楚，如果留級還不如轉學。一年級剛開學就這樣，誰知道得花上幾年才能畢業？

都已經這麼努力，入學考試時的櫻比現在更加努力，所以幸太無論如何都不希望櫻轉學。他希望櫻能在堇就讀的這間學校繼續努力。

無論如何——

「富、富家同學？」

「呃？」

「富家同學真的沒事嗎？看你一直在發呆，會不會是發燒了？你的臉有點紅。」

幸太回過神來，才發現自己只是呆站在鞋櫃前面，連室內鞋都沒有拿出來。擔心的櫻皺著眉頭，幫幸太拿出室內鞋。

「啊，抱歉……因為我不常熬夜，所以有點累。」

「嗯——真是對不起。今天要好好睡覺喔。」

兩人一起走上樓梯，櫻接著要前往舉行補考的一年級教室，幸太則要到舊校舍的學生會辦公室，把放在那裡的字典與教科書收拾乾淨。他的口袋裡帶著在堇的許可下帶回家的學生會辦公室鑰匙。

「好，我要加油！」

「嗯。總之就是保持冷靜。」

「了解！」

幸太目送櫻走進教室，心中不停祈禱——加油！到了這個地步，我也只能為妳加油。

加油，狩野櫻。

＊＊＊

「咳咳咳咳！」

幸太突然激烈咳嗽，忍不住趴在樓梯上。看來這下子真的是感冒——幸好不是什麼不好的預感。

他從天亮前打個瞌睡之後，就一直覺得喉嚨很乾，只是症狀好像愈來愈嚴重。咳嗽不止，頭也愈來愈沉重，還覺得很冷，幸太這才注意到自己冷得發抖。他跌跌撞撞爬上空無一人的舊校舍樓梯，同時用手貼住自己的額頭。

「啊……這已經是標準的感冒了。」

幸太一個人自言自語，還嘆了一口氣。他的額頭不停發熱，還流著黏膩的汗水。幸好明天是星期日。

他忍受隱約的不舒服，總算抵達四樓，搖搖晃晃走在沒開燈的走廊上，在學生會辦公室前面停下腳步。正當他打算拿出鑰匙而翻找口袋——

「唔……」

眼前頓時一片黑暗，身體靠著走廊上的老舊置物櫃。這下子真的糟了。幸太的腦袋像是被人用力搖晃，整個世界轉個不停，太陽穴也在隱隱作痛。他雖然想要站穩腳步——

「唔——！」

這次不是暈眩，而是老舊置物櫃撐不住幸太的體重而開始晃動。眼看岌岌可危的置物櫃快要倒下，幸太想辦法先穩住櫃子。快點把東西拿一拿，雖然對櫻很抱歉，不過看來我只能先回家，沒辦法陪她考完全程了。寫張字條放在她的鞋櫃好了……幸太發出痛苦的喘息，打開門鎖踏進學生會辦公室。

不同平日的學生會辦公室寂靜無人，裡頭有個用簾子隔開的讀書區，裡面有張破爛的桌子與兩張椅子……幸太開始感到幾分感傷，但是身體的不適不容許他在這時候發揮纖細敏感的性格。

他又咳了幾下，伸手拿起擺在桌上的讀書用具——要是沒有這些東西，就沒辦法寫星期一要交的作業了。

「好了……」

幸太踏著蹣跚的腳步往門的方向走去，準備走出學生會辦公室。就在這時候，他的背後感到一股寒意。「是是是，我知道，感冒對吧？」幸太任由身體不停顫抖——

乓！突然響起一個嚇人的聲音，幸太的心臟揪了一下。

「哇！怎、怎麼回事？」

全身的寒毛豎起，放眼環顧四周。感覺發出聲音的地方很近……是從走廊上傳來的嗎？

感到納悶的幸太準備離開——

「咦？」

想推開門才發現門一動也不動。怪了，分明沒上鎖……再說這扇門也不能從裡面上鎖。

「啊？真的假的？怎麼搞的？」

幸太不斷試著想打開門，卻感覺到一股異樣感，好像有什麼堅硬的東西擋在門外。到底是什麼？幸太用盡全身的力量才好不容易推開幾公分的縫，臉貼著門縫窺視門外。

「啥？騙人的吧……？」

幸太不由得開始發抖。又遇上倒楣事了。

剛剛倚靠的那個老舊置物櫃倒下來，正好擋住學生會辦公室的門。

「不會吧……拜託……」

被困在假日沒有半個人的舊校舍裡，到底幾時才能獲救……？恐懼襲上心頭的同時，幸太不禁覺得想吐。他拚命壓住嘴巴想要忍耐，可是胃部的絞痛與眼前一片空白的暈眩，讓他站不穩而蹲在地上。

按著嘴巴的顫抖手指冷得可怕。只不過是幾秒鐘的時間，幸太渾身上下已經被不舒服的汗水濡濕。

這下慘了！真的糟糕了！就在幸太驚慌失措之時，突然想到……對了，手機！於是他拚死拉過包包，拿出手機。總之先打電話找人求救！掀開手機，一眼就看到正在閃動的電池標誌，快沒電了。既然如此，就必須找個最有效率的通話對象——才想到這裡，手機就開始震動。來電者「狩野櫻」——發生什麼事了？我不能找就要考試的櫻求救，可是這通電話又非接不可。

「喂、喂……」

『富家同學？我是櫻。那個……考試就要開始……我卻忍不住覺得緊張……啊啊，如果全部都不會怎麼辦！』

「沒問題的，狩野同學……一定……可以的。妳都那麼努力了……」

太好了，幸好不是發生什麼緊急情況。幸太總算放心，同時拚命張開喉嚨，想要發出一如往常的聲音鼓勵櫻。

『咦？你的聲音好像怪怪的？你沒事吧？』

「沒事，我好得很，什麼事……也沒有……」

『騙人！太奇怪了！一定有事！到底怎麼了？富家同學？喂？富——』

櫻的聲音突然中斷，看樣子電池沒電了。昨天晚上打過好幾通電話回家，還有打給北村，所以用了不少電。可是也沒必要挑在這個時候沒電啊……

「話說回來……這下子怎麼辦……」

幸太放下失去作用的手機，用手抱住昏沉的腦袋，視線慢慢傾斜。等他注意到時，已經倒在地上站不來。幸太回想自己剛才犯下的錯誤——如果告訴櫻就好了，叫她來救我……不對，要告訴她我被困在學生會辦公室裡，叫她去找老師……可是我又不希望櫻多想什麼……這下子真的慘了。

等到被人發現，應該是補考後的事吧？櫻或許會因為擔心而過來找我吧？如果沒有，大概就是明天……不對，是後天……後天放學之後……如此一來，堇就是第一個發現我的人。

真希望被發現的時候，我不會已經變成一具屍體。可是既然是我，事情又很難說。萬一真有什麼不幸，總是很容易降臨在我的頭上……啊啊，我已經無法思考了。

恐懼與不安都被高燒溶化，幸太傻傻望著轉個不停的天花板，耳裡聽著遠處傳來的鐘聲。補考開始了。

「加油……加油……狩野、同學……」

加油、加油、加油。

加油。

視野逐漸朦朧，有如覆上一層白幕，眼前出現櫻的笑容。

隨風飄落的盛開花瓣彷彿是在下雪，櫻在淡粉紅色的龍捲風裡自在跳躍。

是嗎？原來櫻是龍捲風女王……好厲害——逐漸理解這一點，幸太不禁笑了。

堇很厲害，但是櫻也很厲害。她能夠支配心型的粉紅色甜美花瓣，她是櫻色世界的女王。龍捲風中心是粉紅色心型，這就是名為櫻的女孩。

比誰都性感、比誰都可愛、直率、一心一意，還有戀姊情結……幸太也變成一片粉紅色心型花瓣，隨著櫻色龍捲風飛上天。

富家同學！

沒錯，她叫我的方式也比任何人來得甜美溫柔，有如糖雕一般精緻——富家同學！富家同學！富家同學！

咚咚咚咚！

「富家同學！富家同學——！你被困住了嗎？拜託你回答我！」

「咦……？」

咚咚咚咚！響個不停的驚人聲音，把幸太從夢的世界拉回現實。我到底昏迷了多久？完全感覺不到時間的流逝。

只知道一件事。

「富家同學——————！別這樣、拜託你！拜託你回答我！」

櫻正在門的另一頭哭泣。

現在應該是補考的時間。

「狩……狩野、同……」

「富家同學！」

幸太想要起身，可是身體動彈不得，全身肌肉都像灌了鉛一樣疼痛沉重。即使如此，他還是想辦法爬到門邊。

「補、補考……」

「身體不舒服嗎？沒事吧？有沒有怎樣！」

幸太從僅僅數公分的縫隙看到櫻正在哭泣的蒼白臉頰。騙人的吧？這是騙人的吧？別開玩笑了，別這樣……幸太想要大叫，如果發得出聲音，就算喊破喉嚨也要大叫。

「快去、考試……快點、快點回去……」

可是現在只能發出有如蚊子的微弱聲音。

「現在不是考試的時候！我馬上救你出來！總之先把這個櫃子弄開……」

櫻從視線範圍消失，只聽見走廊傳來「嘿咻！」「嘿喲！」的聲音。不過置物櫃頂多發出吱吱嘎嘎的聲音，看不出有分毫移動。

「馬上就好……我馬上救你出來，你等我！我一定會救你出來！」

怎麼——怎麼會這樣？

不可以這樣。

為什麼是櫻？

為什麼要把這麼努力的櫻給捲進來？為什麼偏偏選在這個時候，讓櫻遇上這種事？

所有的不幸都由我來承受就好了。

幸太的氣息因為高燒而紊亂，連擦去眼淚的力氣也沒有，眼前的景物忽明忽滅，時間也這麼一分一秒過去。

不要這樣、住手、快點回去考試——幸太連喊叫都辦不到，實在是糟透了。意識朦朧的幸太不禁感到絕望。補考開始到現在已經過了多久？櫻真的趕不上了……所有的努力都白費了，這一切都怪我……

她明明那麼努力……

「用槓桿原理！把這個夾在那邊！」

飄浮在搖晃的世界裡，幸太好像聽到某個熟悉的聲音。

「真是沒用的東西！好了，把那個交給我！」

充滿男子氣概的捲舌音、豪爽的怒罵聲與可靠的腦袋。

「會長讓開！讓我來！預──備……！」

還有那位學長穩重、堅強、溫柔的聲音。

可是為什麼？怎麼會？

「要倒了！」

沉重的聲音震撼地面。飛奔進來的人果然是──

「幸太！」

可靠的老大……精神領袖……擁有清爽端整美麗容貌的會長，還有最適合待在會長身旁的眼鏡副會長。

「喂！振作一點！北村，你去教職員室找人過來！」

北村像是一陣風跑出去。站在門口的櫻緩緩往下滑，跪倒在地。

「富家同學……對不起，富家同學……！都是我勉強你才會變成這樣……怎麼辦？對不起！對不起……」

「別管我……快去……考試……快點……」

堇趕緊伸出纖細卻有力的手，支撐幸太的脖子，怕幸太無法呼吸而抬起他的下巴。幸太繼續說道：

「……狩野同學……快去……」

「算了！算了！考試已經開始三十分鐘……這一科已經來不及了……」

「不能算了……不可以……不可以算了……不可以算了……」

「我就說算了，反正已經來不及了，而且就算進了教室，也不知道寫不寫得出來……」

「快去考試……去……考試……」

傾斜的視線角落，幸太瞥見菫踏出充滿男子氣概的腳步，抬頭挺胸走到門口的櫻面前。

「喂，妳給我去——！」

「呀！」

幸太不禁懷疑自己眼睛看到的景象——剛剛應該是高燒造成的幻覺吧……菫一巴掌把櫻打飛，撞向走廊的牆壁。

「妳給我醒醒！這個渾蛋東西！快點去考試！妳可是我的妹妹！少管別人說什麼，不過是考試而已，快去考給他們看！」

「可……可是，可是都已經……」

「什麼反正可是都不管！妳給我聽好，櫻，妳是我的妹妹，不論幾次我都要說——妳、是、我、的妹妹！我們的父母都一樣，我辦得到的事，妳沒有理由辦不到！妳認為我要多久時間可以寫完考卷？」

「姊、姊姊的話……五分鐘！」

「那麼妳也可以在五分鐘之內寫完！快點給我去考試！還要我一巴掌打飛妳嗎？幸太也說了——他叫妳快去！」

「啊……」

寂靜的瞬間。

「嗯、嗯！我……我去！我現在就去！」

真是……太亂來了……幸太連小聲抱怨的力氣都沒有，只能斜眼盯著堇，耳邊響起櫻的全力衝向考場的腳步聲。

「你用什麼眼神看我？給我乖乖躺好，你的臉色夠難看了。」

「唔……」

幸太痛苦地閉上眼睛，隨後就陷入半夢半醒的狀態。在逐漸融化的現實中，幸太最後只能低聲說道：

拜託，讓我再夢一次粉紅色心型花瓣隨風起舞——

＊＊＊

聽說堇是因為擔心櫻，所以才會搭乘公車來學校。「因為櫻和幸太一起走，根本不曉得她會被幸太連累捲入什麼倒楣事」——這是菫的說法。如今幸太也沒資格提出反駁。

北村則是因為社團活動來學校。根據他個人表示，他是在半路遇到菫，便一路跟在她後面。他們兩人原先打定主意要在學生會辦公室裡待到補考結束，沒想到正巧碰上這場騷動。

「喔，原來如此。」

狹窄的學生會辦公室裡，頓時充滿詭異的空氣。

「什麼叫做『喔，原來如此』？你沒有其他更應該說的話嗎？」

「唉，就算妳這麼說……總之就是要我道謝吧？」

「北村，動手。」

「咦？妳說真的嗎，會長？」

「真的。」

等等等——幸太慌慌張張從專屬座位上站起。菫交給北村一條牢固的細繩，到底要用來幹嘛……？幸太腦裡只能想到「絞首」這個用途。

「幸太，麻煩過來這邊一下。」

「就算她叫你殺人，你也做嗎！」

「非常樂意。」

聽到副會長毫不猶豫的發言，書記總務兩人組只是互望一眼——與我們無關——然後專注在自己的工作上。今天的幸太和平常不同，他可不會只是說一句「這間辦公室裡面全是怪人」就退縮。

「富家同學，過來這裡！你還在生病，不能亂來！」

「嗯，謝謝！」

在可怕老大身邊的人，露出一臉開心的笑容。

「真是……算了，看在櫻補考全部過關的份上，今天就放你一馬。」

「是，謝謝。」

微笑的櫻手裡拿著考卷，五科全部都超過及格分數的七十分，英文和國文更是超過八十分。這些考卷剛發下來，高燒未退的幸太硬是靠著毅力上學，一整天慘白著一張臉擔心櫻的成績。因此櫻為了幸太，放學之後特地過來學生會辦公室報告結果。

真是太好了。幸太看著櫻，嘴角也自然而然露出笑容。那麼一來努力總算有所收獲，真是太好了。

雖然心裡想著「太好了」可是幸太也注意到自己心底有什麼讓他覺得牽掛。那就是類似補考當天清晨朝陽的藍色——ＢＬＵＥ。這麼一來，與櫻一起念書的日子也結束了。

他心裡隱約希望櫻能夠再考不及格，如此一來兩個人又能夠一起念書。可是他立刻拋開這個想法，在心中訓戒自己。

怎麼可以有這種想法？我絕對不希望櫻受苦。因為不希望，所以……幸太看著櫻的側臉，想要開口說些什麼，最後還是按捺下來。

我想和妳在一起。

這一句話怎麼樣也說不出口——他不知道該怎麼說才好。

「嗯，不過我也沒想到能夠全部及格，這一切都是多虧富家同學的幫忙。還有北村學長，也要謝謝你。」

櫻先是向幸太鞠躬，接著也向北村鞠躬，這個動作讓她背後的胸罩線條展露無疑。然後她再次轉頭向幸太說道：

「富家同學，如果不嫌棄，希望能夠再來我家。我想老爸老媽一定也想謝謝富家同學。」要說父親和母親！即使遭到老大厲聲糾正，櫻還是用柔軟又溫暖，體溫三十六度的手，緊緊握住幸太的雙手。

「嗯、嗯……我會去……」

該不會——幸太的手感受到一陣溫暖的預感。

該不會、該不會在那天黎明憂鬱分離的兩人，會因為這麼簡單的一句話又有所連接？

只是——再來我家——這麼簡單。

「我一定會去。」

幸太一面回答，一面點頭。

「謝謝！我好期待喔！富家同學，不是只有念書……如果你不嫌棄，我們一起做些更開心的事吧！」

櫻的臉頰微微泛紅，在她面前的幸太也頻頻點頭。

為什麼櫻這麼簡單就弄懂我不懂的事呢？原來這麼說就可以了——「和妳分開我會寂寞，所以今後也要在一起。」

「我……想和狩野同學、一起出去玩。我一直在想要怎麼對妳開口。那個……如果妳願意……的話……」

幸太試著鼓起勇氣開口，櫻的臉頰也染上櫻色魔法。

「嗯！」

櫻和幸太四目相對，用力點頭答應。心型龍捲風造成的幻象，輕而易舉攫住幸太。腦袋突然一陣熱，該不會是感冒還沒痊癒的關係吧？可是全身的粉紅色……？幸太快被溫暖的幸福龍捲風捲起，可是該說的話還是要說。

「不過，幸好狩野同學的數學及格了。我想這是妳哥……啊，妳姊姊的功勞。」

「嗯，你說得沒錯……姊姊，謝謝妳當時一巴掌把我打飛出去。」

「嗯。只要妳再繼續傻傻發呆，要我打飛妳幾次都行。」

「哇啊，真的嗎？我好開心！」

這樣根本就是被虐待狂——不過勉強算得上是美麗的姊妹情深。櫻帶著滿足的微笑，再度看向幸太，只是眼裡瞬間閃過一絲惡作劇的神色：

「如果可以，我也希望富家同學打飛我。因為我實在太沒用了。」

她一邊說一邊抓起幸太的右手，貼在自己的臉上。

「唔……」

我怎麼可能做得出那種事！怎麼可能對可愛又柔軟的棉花糖動手？

「那、那種事我辦不到……不如就讓狩野同學打飛我吧。」

「咦？不要不要，我辦不到啦……應該是富家同學打飛我才對。」

「不不不，是狩野同學才對。」

「不行不行。」

「啊、啊。」

「呵呵。」

他們沒有做什麼奇怪的事，只是……兩人面對面用手推著對方而已。幸太在櫻的帶領之下，進入粉紅色的世界裡。

「喂！」

就連菫的聲音也傳不進完全痴呆的幸太耳裡。

「你們兩人的感情還真好……喔——原來可能變成這樣啊……那麼一來，如果將來你們有什麼萬一……我就會變成幸太的姊姊了。」

「咦——？唉呀，討厭！姊姊在說什麼啊！這樣會害富家同學很傷腦筋的！」

聽到狩野姊妹的笑聲，幸太突然回過神來。剛才……菫說了什麼？我記得是……幸太試著挖掘淺層記憶——啊！想起來了！他看向菫，伸手指著她說道：

「大、大舅子？」

學生會辦公室瞬間一片安靜，真是太巧了。

「啊、說錯了，是大姨子……」

「我說幸太……」

菫強有力的手緊緊摟住幸太的肩膀。

「什、什麼事……」

「你覺得，我會贊成你們兩個『有什麼萬一』嗎？」

「這、這個嘛……我還真的不知道。」

「猜猜看吧？我贊不贊成呢？我會支持你們？還是不會？你聽到哪個答案會高興？」

當然是不管哪個答案，我都希望妳不要管我們——正想這麼回答的幸太嚥下口水，一股熟悉的冰冷觸感襲上他的背。

要來了要來了……不對，應該是已經來了……

＊＊＊

北村是在某個週末前的星期五，接到老大下達的指令。

「既然會長這麼說，我當然照辦。只是……這樣子幸太有點可憐……」

「你太天真了，幸太可是天生倒楣鬼，和他一起到處晃，難保櫻不會被捲入什麼莫名其妙的事件。我這可是關心他們。又沒叫你加以妨礙，只是叫你看好他們，如果發生什麼狀況就出手協助，這也是為了幸太好。而且我也和你一起行動。明天一點……不對，十二點半車站前面集合，知道嗎？」

「……」

「這個表情是怎麼回事？」

「沒、沒什麼……我只是在想，是不是需要找間午餐不錯的店……」

「笨蛋！我們當然要跟在幸太和櫻後面，進去同一家店！」

幸福的櫻色龍捲風

發布接近警報

超幸福的。

語言裡面有這種表達方式。富家幸太也和普通人一樣，在目前為止的人生當中，曾有幾次機會聽到這句話。

印象最深刻的場合，就是在親戚哥哥的喜宴上。美麗的新娘淚眼汪汪地對著麥克風這麼說：「今天！由美！就要和阿廣！成為一家人了——！真是超幸福的！」……雖說阿廣和由美在四個月後就離婚，由美和在婚禮上致詞的大學時代男性友人私奔了，阿廣則是好一陣子藉酒消愁。

最近一次是晚上在路上偶然聽見。從便利商店回家的路上，幸太遇見兩個學生打扮的男子，手指著「熱騰騰亭」前方的看板說道：「真的假的？下個星期開始舉辦炸什錦買一送一的活動？不會吧！超幸福的～～！」男子興高采烈、雀躍不已地扭動身體並且大吼：「我一定要吃到！等著瞧！」那傢伙八成……或許可以百分之百確定喝醉了。只見男子接下來用屁股拚命衝撞看板，最後被同伴拖著離開。

不管怎麼樣，說出那句話的人都是一臉幸福的模樣。幸太在婚禮會場一角、在夜晚的街角，看著那些人臉上的笑容，不禁感覺好遙遠。

我自己恐怕一輩子也沒機會露出那樣的笑容吧？

這不是自暴自棄，也不是覺得這麼說的人是笨蛋，只不過是因為他已經意識到自己的人生是怎麼一回事。

只要隨意說出「超幸福的」這種話，在幸太到目前為止的短暫人生裡，接下來大部分都是悲慘遭遇。

沒錯，直到今天之前——

1

「這個，謝謝……小——」

還不習慣的稱呼方式，讓幸太老實的舌頭無法順利轉動。

「——小櫻真的幫了我一個大忙。」

「沒什麼，別客氣。不過說起來真稀奇，認真的幸太同學竟然會忘記帶課本。」

現在是下課時間，幸太混在換教室的學生裡面，來到一年B班門前。

狩野櫻淡紅嘴唇浮起微笑，接下幸太遞過來的數學課本。兩人的手指因為這個動作而瞬間接觸，從指尖傳來的溫度，溫暖有如她臉上的微笑。

光是這樣就會臉紅，我真是……幸太只好低下頭企圖掩飾，趕緊向櫻道別：

「就、就這樣……BYE BYE……」

「嗯，BYE BYE！」

櫻像小孩子一樣揮手說再見。

「……」

「怎麼了？」

不過幸太還不能離開。櫻的眼裡雖然充滿不解，但也沒有責備的樣子。站在她前方的幸太只能發出「啊……」「唔……」的呻吟，不算大的眼睛游移不定，不知所措。

他覺得自己好像快死了，疾速跳動的心臟像是快要跳出胸口，還感覺有些頭暈。說吧、說吧、說吧——幸太的嘴巴像金魚一般不停開闔，喉嚨卻發不出任何聲音。

一直反覆練習的那句話，明明那麼想在今天、在這個時候告訴她，也是因為這樣，幸太才會假裝自己忘記明明有帶的課本，特地跑來找櫻。

「幸太同學，到底怎麼了？」

櫻臉上掛著充滿百分之百善意的沉穩微笑，偏著頭看向幸太。溫柔纖細的眼神綻放春天大海的光芒，靜靜守護幸太可疑的行動。

像是用淡色水彩著色的淺紅色臉頰。

甜美有如糖漬果實，豐潤閃耀的嘴唇。

「那、那個……」

「嗯？」

櫻用纖細指尖撥弄臉上的栗色頭髮，眼睛看得到的淺紅色耳朵上，有個好像耳洞的小痣。無法直視的嬌媚模樣，直擊幸太瀕死的心臟。

光是櫻充滿疑問的聲音，就讓幸太的身體為之顫抖，根本無法直視她的臉。「呃……」幸太只好別開視線之後才開口：

「6……68頁！」

「咦？68頁？」

耐不住緊張的幸太急忙轉身離去，按耐想要快步逃跑的衝動，假裝鎮靜大步走開。這才伸手摩擦快要冒火的熾熱雙頰。哇啊——結果搞得比想像的還要不自然，真糟糕……

其實幸太真正想說的並非神祕的頁碼，而是更直接的話語。可是他沒有自信能夠順利開口，所以才會想出這個方法。

她有照我說的打開68頁嗎？幸太原本打算讓櫻在等一下上數學課時，打開課本自然而然翻到68頁，就會發現夾在裡面的「那個」，知道把它夾在課本裡的人是我，然後……可是既然是幸太，恐怕又會遇到什麼命運的作弄，而讓「那個」在到達櫻手上之前，就先消失在異次元空間裡。

所以他才會……啊啊，神啊，拜託了……

「幸太同學！」

突如其來的大喊，讓幸太聞言立刻轉身。

櫻就站在走廊上，手裡拿著課本，以及——夾在68頁的「那個」。

櫻臉上的紅暈一路延伸到了脖子，渾圓的臉頰正在微笑。嘿！她向幸太豎起大拇指。那個……就表示——

「ＯＫ！這個星期六對吧？我很期待喔！」

＊＊＊

從富家幸太遇到狩野櫻到現在，時間大約過了一個月，兩個人之間已經到了互相稱呼名字的地步。

幸太同學──每次櫻親密地喊著他時，幸太總是會想：「這麼幸福真的好嗎？」截至目前為止，幸太的人生都是由一連串倒楣與不幸組成，也就是所謂的「天生倒楣鬼」。

買推理小說都會買到裝訂錯誤，把解謎場面擺在前頭的書；買冰棒也是理所當然不會中獎。甚至就連店裡的老爺爺還會把錢找錯，而且強烈主張──世界上哪有什麼兩千圓鈔票？搭電車一定會搭到「本站是終點站」的車；大考的前一天一定會進醫院；孵出來的獨角仙一定是母的；和家人一起去關島，只有自己的行李會遺失……甚至遇到颱風襲擊，一整天只能待在飯店裡面，可是回程的那天一定是好天氣。

幸太總是這麼倒楣，所以他早已放棄一般人應有的幸福。反正不論什麼事情，到了最後一定是不幸收場。

不知道為什麼，這幾個星期卻是無比快樂。因為竟然能夠和可愛的櫻變得如此親近。

夾在課本68頁的「那個」，是位在鄰鎮的水族館門票。隨票還附上一張便條紙，上面寫著：「如果可以，後天星期六一起去吧？」

「這就是幸福吧……」

呼呼呼呼──幸太笑了。可以和櫻約會，竟然可以和她約會。

幸太打算如果櫻答應和他約會，在當天回家的路上就要向櫻告白。他希望兩人的關係能夠從朋友變成情人，總覺得一切都可以進展得很順利。

「富家，你怎麼了？真難得心情這麼好，發生什麼好事嗎？怎麼一直傻笑？」

「嘿嘿，詳細情形還不能說。唉呀，總之就是……超幸福的——可以這麼說吧？」

下課時間在教室裡和朋友聊天的幸太的眼裡，此刻正閃著快樂的期待與預感。他不知不覺說出原本以為一輩子都用不到的字——超幸福的。然而……

「咦？」

當天放學之後。

幸太一如往常前往位在舊校舍的學生會辦公室，卻發現一個人影也沒有，而且四周也是一片寂靜。看了一眼才發現有張便條紙貼在上鎖的門上。

『今天學生會活動暫停。我身體不太舒服，先回家了。狩野』

雖然寫得很急，但是意外漂亮的字跡，的確是學生會長狩野堇的字。

「咦……會長身體不舒服……原來大哥也會生病……」

比起擔心，自言自語的幸太更感到驚訝。從五月進入學生會以來，這還是他第一次遇上這種事。那麼健康的會長竟然會生病……幸太根本無法想像她生病的模樣。

雖然這麼說對會長很抱歉，不過可以提早回家這點也很幸運！

早知道就找櫻一起回家——不過星期六就要約會了，那就算了——心裡抱著愉快想法的幸太就這麼轉身離開。

一邊看著正在進行社團活動的學生，一邊走出校門。好久沒有在看得到太陽的時間回家了。幸太悠閒漫步在太陽下山前那種暖和的空氣裡。

「喔，好可愛。」

在禁止車輛通行的人行道上，一隻小黑貓走過幸太眼前。看樣子才出生一兩個月吧？牠豎起跟手指一樣細的尾巴，小心翼翼穿越人行道。什麼？不吉利？如果連這種小事都要在意，怎麼當天生倒楣鬼呢？這只是單純見到好東西而已。就在幸太心裡一陣溫暖之際——

「呃？」

一隻瘦巴巴的年輕黑貓跟在小貓後頭，牠的身後還有一隻同樣年紀，可是體型大一圈的公黑貓——一窩黑貓就在幸太面前排成一列走過。這個與其說是不吉利，不如說是稀有的景象，如果可以用手機拍下來就好了。向前走的幸太忍不住一直回頭觀望。快到路口的轉角，只要從這裡彎過去就到家了。

「讓開讓開讓開——！」

「哇！」

咚！幸太被人猛然撞開，發出哀號跌倒在地。

「好、好痛……」

身穿牛仔褲與T恤的鄰居大叔連看都沒看幸太一眼，就這麼飛奔而去。平常見面總會打招呼的，今天是怎麼回事？幸太不禁有點不高興。

「失火了！失火了！」

「別擋路別擋路！」

幸太又被不停跑過身邊的人撞倒。聽到後面又有腳步聲，幸太趕緊連滾帶爬閃到路旁，直到這個時候才發現跑過去的人們手上抱著什麼東西——每個人手上都拿著滅火器或水桶。這麼說來，剛剛好像有人說失火了……

「不、不會吧……那裡不就在我家附近嗎！」

幸太連忙跟著飛奔過去。耳裡雖然聽見消防車的警笛聲，但這裡是一整片木造透天厝相連的住宅區，消防車沒辦法快速抵達現場。幸太全力衝刺，發現前方冒煙的地方，果然就是自己家的方向。

「喂，最後面是這邊！」

大嬸說了一句同人誌販售會場經常聽到的台詞，並且抓住幸太的手。可是大嬸給他的東西不是寫有「隊伍最後方」的板子，而是水桶。至於幸太的旁邊就是公共消防栓。原來是要我傳水桶啊？好，上吧！幸太放下抱著的書包。

他將水桶裝水之後「嘿咻！」遞給大嬸。這個也可以、那個也可以！幸太的腳邊迅速堆滿鍋碗瓢盆，他也靠著自己年輕力壯，一個接著一個遞過裝滿水的容器。

「幸太！你在幹嘛！」

突然傳來的聲音讓幸太抬起頭。原來是身穿圍裙、光著腳丫的幸太媽媽站在隊伍旁邊，茫然望著幸太。

「問我在幹嘛，當然是幫忙救火啊！這是鄰居的義務吧！」

「就是你的房間失火啊！」

啪！一時之間沒能拿好，水桶的水弄濕幸太全身。

＊＊＊

隔天早上八點鐘——

幸太頂著一張失魂落魄的臉走出教職員室。他一到學校，立刻跑去向擔心昨天失火狀況的導師報平安。

自己家裡失火，隔天早上還能夠平安無事來上學，真是不幸中的大幸；幸太媽媽平安無事，也是萬幸；消防車還沒來之前，火就被聚集過來的鄰居（還有自己）撲滅，沒有蔓延成大火，也是萬幸。

可是電腦的電源突然電線走火，真是不幸。

火災雖然只燒燬幸太的書桌一帶就被撲滅，可是花掉存了多年的壓歲錢，好不容易才在今年三月購買的電腦卻沒能倖免。而且後來在善後時，還被床底某個東西絆倒，讓用盡各種方法收集的限制級好東西全部攤在陽光下。

幸太一邊回想一連串的不幸，一邊腳步沉重走向教室。昨天家裡的小火災，班上同學應該都聽說了。要在他們的騷動中說明整起事件——光是想就覺得鬱悶……幸太心裡掛念這件事，一臉陰鬱拉開熟悉的教室拉門——

「咦？」

明明已經八點，教室裡的人口異常地少，座位還有一半是空的，不同於平日的喧囂。

到底發生什麼事了？感到疑惑的幸太走到座位坐下，準備上課。班上女生也不解地說道：「今天大家怎麼都沒來？」「該不會是電車或公車停駛吧？」

總算等到剛才見過面的導師現身。連班長都不在，沒有人喊起立，幸太等人只好戰戰兢兢站起來。「免了、免了，我有很多事情要宣布，大家坐下。」導師先是要大家坐下，接著看向空了一半的教室說道：

「我想大家也都注意到了。今天我們班上的37位同學當中，有18位請假。好像只有這個班突然開始流行感冒。」

此刻還沒出現的同學，全是因為發高燒不能來。在這種季節感冒？而且只有這個班？面對啞然張開嘴巴的同學，導師繼續說道：

「希望大家多多洗手、漱口。呃——然後……昨天富家同學的家裡發生火災，如果他有什麼需要，希望大家能夠幫忙。再來是田澤同學不是感冒，而是食物中毒請假，青花魚真是恐怖啊。還有菊池同學也是食物中毒，夏天到了很容易發生這種事。吉田同學是因為扭傷所以遲到，原因聽說是不小心跌下樓梯。」

一片寂靜——三十歲的男性導師以像是望著遠方的眼神，看著講台下安靜無聲的少男少女小聲說道：

「我們班上該不會受到什麼詛咒吧……？」

班上一半同學都缺席的異常日子結束，總算放學了——

今天學生會辦公室沒有貼紙條，有人已經先到了。幸太一如往常低著頭打開門：

「抱歉，我遲到了。」

「喔，幸太，昨天真是不好意思。聽說你家昨天失火了？還好吧？如果需要休息一陣子也可以喔。」
「唉，正如同妳所知……只是小火災而已──」
幸太抬起頭的瞬間──咚沙！書包掉落在地。他說不出話來，只能伸出顫抖的手指指著眼前的「那個」。
「啊、啊哇、啊哇哇……！」
「你這傢伙真沒禮貌……」
「妳是誰啊──！」
「是我啊！混帳東西！」
啪！幸太的鼻子遭到強而有力的一記上鉤拳，這才認出眼前的「那個」正是自己的老大・學生會長狩野堇。可是……
「那張臉是怎麼回事？哇啊！好淒慘！」
「真是沒有同情心……」
幸太所認識的狩野堇，是全校學生憧憬的大哥、大家得以仰賴的頭目、充滿男子氣概、豪爽磊落、老大中的老大、有如父親一般的存在、天下無敵的專制君主，卻有一張美麗清爽的和風美女臉龐──應該是這樣才對。
「因為、這……太嚴重了……啊、該不會昨天身體不舒服，就是因為……」

「昨天是有點發燒，臉是今天下公車時才變成這樣。」

幸太眼前的堇，她的模樣的確很淒慘。

簡單一句話，就是醜八怪。

左眼眼皮紅腫，眼睛幾乎睜不開，滿是紅瘡的臉腫得相當厲害，所見之處慘不忍睹，漂亮的五官全被浮腫遮住。

「左、左眼是長針眼吧……那個……右眼和嘴巴是怎麼回事？好像受傷了……似乎遇到什麼恐怖的事……」

「這是被打的。被沒見過的國中男生打。」

「咦咦？為什麼？感情糾紛嗎？啊、不對，會長應該不可能……難道是決鬥？妳怎麼可以對國中生出手……」

「吵死了……是今天早上在公車上，對方誤會我對他性騷擾。」

「性……性騷擾？真的嗎！」

看樣子應該是真的。

堇總是搭客滿的公車上學，今天早上因為腫起來的針眼很痛，所以打算從書包裡拿出手帕擦眼淚。在塞滿了人、動彈不得的公車上翻著書包，卻遲遲拿不到手帕，沒辦法的她決定舉起書包，就在這時候——

「啪！啪——！『妳這個變態！妳要摸我的屁股摸到什麼時候！』事情發生得太突然，我一時之間說不出話來。我竟然……結果我哭了，雖然只哭了一下，還是在到了學校之後跑去廁所哭了。」

擺出被甩兩個巴掌的姿勢，垂頭喪氣的堇將手肘撐在桌上。她的右眼角有嚴重的瘀青，嘴角也破了。左眼的紅腫與臉上的浮腫組合在一起，將清爽的美女變成醜陋的小矮人。

「哇啊……好慘，真的有夠慘。」

幸太不由得皺起眉頭，用力搖頭。只是他沒有注意堇原本難過的肩膀垂得更低。

「太倒楣了，簡直跟我一樣。如果北村學長在場，一定會幫妳解釋……話說回來，北村學長還沒來嗎？」

「不，那傢伙剛才來過了——」

辦公室的門也在這個時候打開，出現的人正是銀邊眼鏡下面隱藏端正容貌的學生會副會長北村祐作。可是今天的他不像平常那樣有精神地打招呼。

「唉……」

北村一來就嘆了口氣，只是會長一點也不驚訝。

「結果呢？」

「不行，還是找不到。」

聽到菫的問題，北村「唉……」再度嘆息，一股沉重的沉默降臨學生會辦公室。在微妙的氣氛裡，幸太尷尬地點了北村的肩膀幾下。

「北、北村學長，到底發生了什麼事？為什麼這麼沒精神？」

北村轉頭看向幸太，戴著眼鏡的臉上露出過去不曾見過的無精打采。

「就是……很丟臉的事……我的錢包不見了。」

「咦？真的嗎？掉在學校裡面嗎？」

「是啊。我記得中休之前還在的，可是剛剛來這裡看一下口袋才發現不見了……我想應該不是被偷。今天沒有體育課，也沒換衣服，所以……啊～總之慘了，真的慘了。今天打算放學之後要去買點社團的東西，所以社費放在我這邊……」

「裡、裡面有多少錢？」

「五萬七千圓……」

聽到這裡，幸太也沉默下來。這麼大的金額實在很難叫個普通高中生簡單說出「我幫你墊」。再加上北村身為社長卻出了這種差錯，也是一個大問題。

「還有剛加值的儲值卡……不過最重要的還是社費……怎麼辦……」

北村低聲說完也只能無力垂下頭。無論如何也不想看到平常的完美男人變成這副模樣。

「原來是這麼一回事。」

堇突然低聲說道：

「這一切到底是怎麼回事，我好像有個底了……喂，你們兩個沒事嗎？」

堇對著二年級不起眼的書記總務兩人組詢問。聽到堇這麼問，於是兩個人輪流舉手：

「我今天早上被家裡的狗咬。」

手上的確有兩個看來很痛的齒痕。

「考試時的答案明明全部答對，答案卻填錯一格。」

結果當然是0分。

「我果然沒猜錯……」

「怎、怎麼回事？等一下，為什麼要看我？那個異樣的眼神是怎麼回事？」

「因為腫起來了！少囉嗦！你以為瞞得過我嗎？情況都這麼明朗了，現在這個狀況八成……不，鐵定——」

就在堇用雪白的手指，指向幸太的鼻尖之時——

「打、打擾了——」

小小的敲門聲響起，學生會的門吱嘎作響，被人小心翼翼地打開一條縫，一隻眼睛透過十公分左右的縫隙窺視辦公室。

「啊，幸太同學在……」

「咦？怎麼了？」

就算只看到部分的臉龐，幸太也知道那個人就是櫻。她一面瞄著堇，看來似乎有些在意，不過並不打算進入學生會辦公室，只是對著幸太招手「過來、過來。」在各位學長姊的注視之下，幸太顯然不知所措，雖然提心吊膽站起，還是只能來回看著櫻與堇。

「看了就煩！有什麼事就滾進來！哇——！」

堇不耐煩地用力把門打開，結果眼前的情景讓她不禁嚇得往後仰。大叫出聲的不是只有堇，包含幸太在內的其他人也各自跌跤或大叫，學生會辦公室一下子陷入混亂。

「有、有那麼誇張嗎？痛……好痛……」

櫻一臉快哭出來的表情站在門口，只是看起來已經不像櫻了。

剛才沒看見的右眼腫得像是鮮紅色的鱈魚子，而且左臉到下巴也好像含了燒賣一樣腫起，似乎只要大聲說話就會很痛。櫻皺著眉頭，輕輕揉著腫脹的臉頰，可憐兮兮看著幸太：

「剛才還覺得沒什麼……結果突然……就變成這樣……好痛……」

「好、好可憐……眼睛應該是被會長傳染的吧？」

這是妳今天早上在公車上假裝不認識我的報應！堇冷冷地回了一句。總而言之意思就是與她無關。

「臉頰又是怎麼回事？哇啊，好像很痛……真的好可憐。」

「好像是智齒腫起來了……你看，這裡……」

「啊啊啊……那裡……哇啊……啊、啊啊……看得一清二楚……都看到了……」

「嗚嗚……痛……啊、不要拉……幸太同……啊……不行……」

「還好嗎？別勉強……啊……小櫻，不可以……啊啊啊，那樣張得太開了……」

「嗯……」

「你們兩個在搞什麼鬼！」

堇同時敲了兩人的腦袋。幸太只是愣在原地——我只是在看櫻腫起來的嘴巴裡面而已。

至於櫻則是痛苦地皺著眉頭：

「剛、剛才的聲音……啊啊，這樣子果然沒辦法……」

颼颼颼——一股非常親切的感覺襲上幸太的背後。來了來了來了……楣運來了……

「幸太同學對不起，看來明天我沒辦法去了……明明很期待的，可是現在這樣……」

怎麼這樣！幸太當然沒有資格這麼說。

「怎……沒——沒關係……說得也是，還是取消吧，沒關係的……這也是沒辦法……」

櫻腫起的眼睛附近染著淡粉紅色——總之就是和普通針眼不同的顏色，難過地看著幸太。不論有沒有紅腫都無損美麗的清澈眼睛，此刻卻是泫然欲泣。

「沒關係，還是櫻的身體重要。」

「幸太同學……」

「更重要的是要趕快回家好好休息，把病養好。」

「嗯……真是對不起……」

「好了好了，櫻，快回去！牙醫那邊預約了嗎？」

「嗯，預耶了……耶？怎麼偶的壘、偶的鞋頭、斬不夠來、了！不迎了！」

櫻的臉當著幸太面前愈來愈腫，她連忙摀著臉頰，飛也似的逃離學生會辦公室。我送妳──幸太想到自己應該這麼說時，櫻透出胸罩線條的纖瘦背影早已不見影蹤。

「啊……唉……」

垂頭喪氣。明天的約會就這麼取消了。自己原本打算不管火災的影響，無論如何都要去……連告白的台詞都想好了……

果然如此，幸福這回事無論如何都與幸太無緣。幸太茫然陷入陰沉的思考之中。這時有人抓住他的肩膀：

「抬起頭來。唉呀，看來計畫被迫中止了……這麼一來情況應該會好轉一點。」

「這是什麼意思？」

堇的眼中充滿頓悟的神情。她要幸太抬起臉，手指再度指向他的鼻尖：

「我早就得到情報了。你明天打算和櫻出去玩吧？所以最近才會老是興奮不已、一臉幸福的模樣。」

「這……請妳不要窺探別人的隱私！」

「少囉嗦！我們大家都被你害慘了！就因為你的『興奮』！」

「啥？這話是什麼意思？」

「為了消除你的『興奮』而產生莫大的倒楣能量，最後連我們都受到牽連！你這個天生倒楣鬼！」

「啥……」

被我的倒楣？

牽連？

大概是傷口的疼痛讓堇感到煩躁，她的眼神比平常更像封建時代的嚴厲父親，直瞪著說不出話的幸太：

「你能否認嗎？不能吧？只要你一往幸福的方向前進，整個世界就會用更強的力量把你推入不幸的深淵。那股力量太過強大，連周圍的我們都受到牽連——不是嗎？你說啊！」

「太誇張了！怎麼可能到了世界規模……雖然我也不是很清楚……」

幸太想要反駁，但是卻找不到能夠說服堇的確定理由。該不會……真的如她所說——幸太甚至認同她的說法。

這一連串的倒楣現象，搞不好都是因為自己雀躍的心情所引起。

「怎、怎麼會有這種事……」

幸太只能傻傻站在原地。堇用力抓住他的肩膀：

「如果你認為自己應該負點責任，那就走吧！喂，起來！」

「走？去哪裡？」

「去找北村的笨蛋錢包！喂，全員出動！今天的學生會活動就是找錢包！」

＊＊＊

幸太正在摸索走廊牆壁旁邊的置物櫃上面。他認為或許會有人撿到錢包，隨手往上面丟。至於他的身旁——

「對不起，真的……我不知道該怎麼道歉才好……」

「別再磨磨蹭蹭了！聽好了，現在只要想著你的錢包……如果找不到，我再想辦法處理。喂，別再擺出那張臉，反正船到橋頭自然直。」

「會長……」

毫不保留地展現大哥風範。翻著垃圾桶、可憐兮兮縮著身體的北村幾乎要以崇拜者的眼神跪倒在堇的腳邊，對她五體投地。

如果一切真的如同堇所說，大家都是被幸太的倒楣牽連，那麼搞不好幸太才是應該跪倒在兩人面前的人。

「唉……」

天生倒楣鬼，就連周遭的人也會跟著不幸——這樣的我真是恐怖。

沒有資格卻想要約會，所以才會發生這種事嗎？家裡失火、班上同學、學生會的大家、櫻……甚至連北村……怎麼可能——極力想要否定卻辦不到，我討厭這樣的自己。

「喂、幸太，你也別擺出一張死神臉。我剛才說得太過分了，我沒有真的認為這一切都是你的錯。」

「我倒是有點真的認為是我的錯。」

幸太聽到堇的話並沒有轉頭，只是低聲回應。事實上他的低潮當然是因為明天的約會取消了。

幸太一直期待這次的約會。雖然他一點也不責怪櫻，還是忍不住垂頭喪氣。

「唉……真倒楣……不能去約會了……」

有如葬禮的寂靜空氣，將三人的周圍染成喪服顏色。

「不對吧？約會又不是取消，只是延期不是嗎？只要等到櫻那張醜臉治好，不就可以去約會了嗎？」

「啊！說得也對！」

堇適時的一句話，讓幸太的眼睛突然亮起來。

我真是太單純了，不過……老大說得對！約會不是取消，而是延期。星期一再和櫻研究什麼時候再去約會吧。

「什麼嘛，說得也對，我幹嘛這麼難過。對對對，只是延期而已。」

「你別太興奮了，等一下又會發生什麼倒楣事。」

堇頭痛地如此說道，但是她的聲音已經傳不進幸太的耳朵裡。面露傻笑的幸太沒出息地放鬆表情：

「延期延期……好期待啊，還有一個星期，我再來好好計劃一下。」

恢復的速度真快，不過陷入低潮也很快——兩名學長姊的冰冷聲音，此刻也與幸太無關。他只是興奮地雀躍不已，甚至想躲到置物櫃之間的縫隙竊笑，錢包的事情早就拋到腦後。「約會只是延期」的妄想，讓他的大腦變成一片粉紅色，變成一個笨蛋。

這時走廊另一頭傳來嚴肅的聲音——「所以要把這些事告訴老師啊！」「啥？可是要叫誰去說？」「這不是社長的工作嗎？」「別傻了，那傢伙一點用也沒有。」——這一切都和幸太無關……理應如此才對。

「啊——可惡！到底該怎麼做才好啊，該死的膨糖！」

其中一人先是唸了幾句，不耐煩地用力踹了置物櫃一腳，便往樓梯走去。置物櫃重重倒下，撞到隔壁的置物櫃，被撞的置物櫃抵擋不住這陣衝擊，也跟著倒下，隔壁的置物櫃也抵擋不住……以下省略。

總之就是骨牌效應。

「咦？咦咦？咦咦咦咦咦咦咦咦！」

咚！咚！咚！轟隆響聲一個接著一個，最後收尾是「哇啊啊啊！」——這是錯失逃離機會而被壓住的幸太哀號。

「哇啊！你搞什麼鬼啊！」

「沒事吧？」

堇和北村連忙趕來查看幸太的狀況——

「啊——！找到了！」

北村突然轉換方向。不見的黑色錢包出現在有如骨牌倒塌的置物櫃後頭，北村趕忙把錢包撿起來，「喔喔！」堇也睜大眼睛。

「誰來……誰來救、救我……」

幸太似乎被大家遺忘了。

「錢包大概是被誰擺在置物櫃上頭，不小心掉到櫃子後面了吧？哇啊！可以找到真是太幸運了！」

「真的太好了！北村！真是太幸運了！」

「真的真的，真的太幸運了！」

開心不已的兩人後面，幸太已經痛苦到快要斷氣。數個置物櫃加起來的重量壓住他下半身，不只是又重又痛，還喘不過氣、發不出聲音。

「不過真沒想到找得到，看來運氣開始回來囉，北村。」

「是啊，會長，這真是充滿奇蹟的幸運。如果置物櫃沒有倒下，根本就找不到。」

堇與北村不斷說著幸運、幸運，我可是超不幸的！非常不幸！幸太臨死前還努力保持意識，仰望天花板。遇到這種事情，他真的打從心底覺得自己很倒楣。

你們這些傢伙的幸運，可是用我的不幸換來的！看！我都快死了！如果這樣對北村他們說，又會被他們唸一頓吧？

不過現在的幸太也因為發不出聲音而無法說話就是了。

2

「喲！早啊，幸太！身體要不要緊？」

「唉……」

週末結束的週一早上。

T恤打扮的北村在鞋櫃前拍了幸太的肩膀。他正在進行社團的晨間練習，看見幸太之後便追了過來。幸太無精打采的回應，垂下陰沉的眼神嘆口氣，低頭望著腳下。沒睡好的幸太提早醒來，結果今天比平常更早到校，四周看不到其他學生的人影。

「學長，一大早就這麼有精神，你應該會活很久吧。」

「怎麼這麼沒力？你還好吧？」

「不太好……我在閒閒沒事幹的週末不小心想太多了……」

原本現在這個時候，我應該正在和櫻約會——幸太雖然感到惋惜，但又想到如果就這樣一直幸福下去，搞不好會出人命。

「該怎麼說呢……結果我依然是個不能擁有幸福的人……會長的話一直盤旋在我腦中，

揮之不去……」

「你是指會長說你害得大家跟著倒楣的話嗎？會長不是已經向你道歉、表示自己說得太過火了嗎？你就別放在心上。」

「我當然會放在心上。事實上也真的發生一連串倒楣事不是嗎？約會延期之後，周圍的大家就不再倒楣了，這也是事實……唉，雖說無論如何我都很倒楣……」

就在眼裡烏雲密布的幸太靠著鞋櫃時，寫著一年A班的塑膠牌突然掉落，角落砸中幸太的腦袋。

「好、好痛……可惡……」

幸太很明白這不是任何人的錯，都是因為自己運氣不好，所以沒有多做抱怨，只是默默將牌子撿起來放回去。路過的老師看到這一幕，出聲大喊「喂！不准玩那個！」——幸太沒有反駁，只是鞠個躬，以一副死魚眼睛看著老師。

「幸太……」

北村傷腦筋地皺起眉頭，靜靜看著跌入黑暗世界的學弟。

「話說回來，學長在這裡偷懶好嗎？你可是社長喔？」

「我有點擔心你。」

「擔心也治不了我的楣運……我無所謂，反正我決定和櫻的約會就這麼算了。」

「咦？」

北村的眼鏡瞬間滑下來。

「我的感情遇到挫折，有這麼驚訝嗎？」

北村不曉得為什麼，也沒有把眼鏡推回去，只是緊抓住幸太的肩膀大聲說道：

「你真的要放棄嗎？這樣好嗎？不好吧！」

「我也想約會啊……」

「既然這樣，那就一定要去啊！」

「事到如今隱瞞也沒有用。老實告訴你，我喜歡櫻……可是我喜歡的女孩卻被我害得生病，搞不好還會因此受傷。一想到這裡，我就沒辦法……」

「倒楣也是你一意孤行的想法吧！你是會因為這種事而改變想法的男人嗎？」

一意孤行的想法——北村雖然這麼說，可是對照無數的倒楣事，幸太還是沒辦法說服自己不去在意。話說回來，北村也是倒楣的受害者，他怎麼會不懂呢？幸太用帶有幾分冰冷的眼神，看著北村熱血沸騰的臉。

「學長好像……有點怪……」

「怪？一點都不怪！」

北村放開幸太的肩膀，重新整理凌亂的瀏海，還是掩飾不了自己反應怪異的事實。雖說上個星期弄掉錢包的低落模樣也讓幸太受到驚嚇，但是現在的樣子更奇怪。北村雖然對學弟妹很溫柔，但是絕對不會對他人的決定插嘴，也不是會失去冷靜、大聲說話的男人，可是現在卻為了我——不對，有個唯一的例外——

「你……是不是有什麼企圖？」

「沒沒沒、就跟你說沒有！」

北村會這麼熱血的唯一原因，應該是和他認真的……可以說是「信仰」——有關。至於信仰對象，就是那位老大。對，就是北村的頭目——那個男……不對，那個女人。

「是嗎？一定是你和會長有什麼企圖吧？而且一定和我與櫻的約會有關。啊，還是說你是來查探我的動向，好讓一切順利按照計畫進行……然後要跟蹤我們……這是你們打的如意算盤吧？」

「咦咦？沒沒沒沒！」

「太可疑了……」

幸太露出懷疑的眼神，瞪視北村急於否認而左右晃動的臉。

「我已經知道了，你就不用再裝了。請你告訴會長，約會取消才不會害得大家倒楣，這樣應該對誰都好。反正你們只是和平常一樣，等著看我笑話而已。」

「不，你錯了！」

北村流露誠實的忠犬眼神，想用真心話想說服幸太：

「會長只是擔心幸太和妹妹，怕你們捲進什麼麻煩而已。」

「你們果然打算跟蹤……」

等到北村閉上嘴巴，一切已經來不及了。幸太冷冷瞪了北村一眼，轉身離去。

我怎麼可能讓你們看笑話——幸太的決心更加堅定。

＊＊＊

在盛夏豔陽的照射之下，兩個人跑到樹蔭下的長椅躲避陽光。

「哇啊！熱死人了！今天真的好熱……熱死了熱死了，我快要溶化了～」

櫻坐在長椅上，一邊以手搧風，一邊用手背擦去額頭上的透明汗水。她的臉頰通紅有如蘋果，就連脖子都染上一片紅。

兩個人拿著各自的便當與罐裝烏龍茶來到因為太熱所以沒人的中庭。他們並肩坐在長椅上，「耶！」、「嘿！」對著彼此露出笑容。

難得有機會，應該說是第一次有機會兩人一起吃午餐。幸太為了與櫻獨處，好不容易鼓起勇氣找她過來這裡。

「幸太同學，不多喝點水會中暑喔。」

櫻說完之後就拿起烏龍茶靠到嘴邊。大口喝茶的雪白喉嚨不斷鼓動，柔嫩的肌膚沾滿汗水，滴落的汗珠一口氣滑到鎖骨附近。

「……」

幸太不禁看傻了眼。還有解開兩顆釦子的襯衫胸口附近的淡淡陰影，也在吸引他的視線。牢牢扣住的第三顆釦子，讓底下渾圓隆起的內衣蕾絲隱約透出，襯衫的釦子繃得很緊，似乎隨時都有爆開的危險。這樣下去遲早——

「嗯！」

咳咳！櫻稍微嗆到，幸太差點跌下長椅。

緊緊繃住左右隆起的第三顆釦子因為後仰的姿勢而支撐不住，「啪！」一聲鬆開，胸部頓時獲得解放，兩個柔軟的隆起物就這樣暴露在盛夏的陽光底下。

「哇哇哇……你看到了？」

櫻連忙背對幸太，重新扣好第三顆釦子，轉過來的臉比起先前在炎熱的太陽底下更加火紅。至於幸太的答案當然是——

「沒看到！」

「這樣啊，好險……哇啊，真是不好意思。」

沒資格當個女生——櫻低聲唸唸有詞，用手捧著臉頰，難為情地扭動身子。這個舉動也讓短裙裙襬掀開，使得白皙有如年糕的大腿暴露在金黃色的陽光下，閃閃發光。

「哇啊……」

眩目光芒照進幸太的眼睛，他不禁感到一陣暈眩。

「好了，吃午餐吧！我中午都是自己帶便當～幸太同學也是帶便當吧～」

櫻露出天真無邪的笑容，秀出自己的便當和整條大腿。溫熱的風吹過，雖然一點也不涼快，可是這陣風卻把櫻的短裙吹回原位。幸太有幾分……說是鬆了口氣又覺得可惡，說是可惡又覺得鬆了口氣……

「幸、幸太同學？你怎麼了？怎麼在發呆？」

「嗯！咦？我有嗎？」

「有啊，你還好吧？」

櫻用自己的小手幫幸太通紅的臉頰搧風。「沒事沒事，謝謝妳。」幸太企圖掩飾自己的內疚，以三倍速趕緊點頭，並且打開便當蓋。

「啊，看起來好好吃喔！」

櫻微笑看向幸太。這個笑容，比起乳溝與大腿更加具有眩目的魅力。幸太感到有點熱，似乎有股不可思議的觸感搔弄腹部，讓他不自覺地跟著露出笑容。

「是、是嗎？要不要吃吃看呢？」

「哇！那麼那麼……要不要拿那個魅力十足的燒賣和我的便當交換呢？你可以隨便選擇喜歡的菜喔！」

櫻打開便當，這回輪到幸太睜大眼睛——色彩繽紛的配菜光是看就讓人食慾大增，還有加上海苔的白飯，整個便當看來超豪華、超好吃的。

「櫻的便當看起來才好吃！哇啊！那個煎蛋煎得好漂亮……我可以吃那個嗎？」

「請請請！嘿嘿嘿，真是高興，被稱讚了。」

「也就是說……」

「沒錯，那是我自己做的。我每天早上都會準備我和姊姊兩人份的便當。我家是超市，所以要什麼有什麼。」

「原來妳這麼會做菜……哇！這個真是超好吃的！」

「真的嗎？太好了！」

幸太咬下一口煎蛋，幸福過頭的溫柔甜味，以及包在裡面的起司在口中散開。好吃好吃！絕不誇張的美味讓幸太由衷感動，只見煎蛋不一會兒就全部進了幸太的肚子。

「超級好吃的！小櫻，妳一定有做菜的天分！」

「是嗎？嘿嘿嘿，如果真是這樣就好了，因為我又沒有其他優點……」

「才沒那種事！」

幸太忍不住大叫：

「小櫻有很多很多優點！料裡的才能也是許多優點之一！」

身為喜歡櫻的男人，幸太特別用力強調——櫻是最棒的女孩！雖然櫻認為自己沒有優點，但是幸太不允許任何否定的言論，因此立刻大叫出聲。

不過這樣的確是太激動了點，等到他回過神——

「幸太同學，這個也給你吃，還有這個跟這個。」

櫻用自己還沒用的筷子，一個一個把配菜夾到幸太的飯上。

「沒想到幸太同學會這麼說，我真的好高興……比起我自己吃，聽到幸太同學說的話更讓我開心百倍，這對我來說很重要。」

「啊，可是這樣一來小櫻就沒有配菜了！這個和這個給妳吃。」

嘿、嘿、嘿！幸太把串著竹籤的炸雞塊全部夾到櫻的便當盒蓋上。兩人就像是在比賽一樣，「嗯嗯嗯！」、「啊啊啊！」互相交換配菜。

「呵呵……」

櫻突然笑了。

「我們一開始交換便當不就得了？配菜幾乎都對調了。」

「啊……也對。」

兩人四目相望，並且同時間一起大笑：

「啊哈哈哈哈！我們真笨！」

「真的……哈哈哈！」

在盛夏烈日底下笑了好一會兒，「不行，冷靜一點，汗又冒出來了。」兩人喝下不再冰涼的烏龍茶，「呼呼呼！」不停喘氣，可是四目一相接又再次大笑起來。

「呼呼……呼哈哈哈哈！妳、妳到底在笑什麼！」

「幸太同學才是……啊哈哈哈哈！哈，好痛苦喔！這樣子沒辦法吃便當了！」

真是奇怪。可是到底哪裡奇怪，幸太也不清楚，總之就是很想笑，笑到停不下來。和櫻像現在這樣在一起，真的令人開心到不停發笑。

一旁笑到流淚的櫻打算吃便當，邊笑邊把食物擺進嘴裡，但還是笑個不停。如果櫻也覺得和我在一起很開心，那就真的太幸福了——

「啊，對了，妳的眼睛和智齒，好像都已經痊癒了。」

櫻上個星期的悲慘模樣，現在已經好得差不多，教人幾乎忘記有過這件事。

櫻一面擦掉淚水，一面調整呼吸：

「是啊！星期六、日在家裡好好休息之後，已經完全好了。」

櫻開心地摩擦原本腫起的下巴。

「所以這個星期就沒問題了。幸太同學今天是為了和我確認一起出去玩的事，才會找我出來的吧？」

櫻偏著頭的臉上依然帶著笑容，可是——

「啊……那個……」

對了。

幸太舔了一下嘴唇，感覺肚子升起一股尷尬的涼意。該怎麼說呢？幸太搔弄滿頭大汗的腦袋，現在不是興奮的時候。

「怎麼了，幸太同學？這個週末不方便，其他時候也可以喔？」

「啊，不是那個關係……那個……」

幸太只能說出含糊不清的曖昧話語。

因為我不知道該怎麼說才能讓她明白——我想告訴她就當沒有約會這回事，可是取消的原因是因為我喜歡妳——明明是自己開口邀約，現在卻說出這種話，這樣一來恐怕……不，是一定會被櫻討厭。

為了讓她明白，也許非得從頭到尾將自己的心情交代清楚才行。誠實並且毫不隱瞞地把事實告訴她。

「那個，小櫻，妳聽我說……」

「怎麼了……？」

「妳知道我家發生小火災嗎……？」

幸太決定從這裡開始說起，連同自己出生那天的事情也一起告訴她，把降臨在自己身上一切不合理又無法逃避的倒楣事，全都說給櫻聽。櫻只能睜大眼睛，也忘了吃便當，只是聽著幸太倒楣的境遇。

每次只要遇到重要時刻，幸太一定會遇上重大阻礙。

即使不是重要場合，還是會有什麼東西掉到幸太的頭上。

差一步就要得到幸福時，為了將那幸福拉回原本的不幸狀態，倒楣事就會加倍襲來，甚至牽連到與幸太有關係的人，害大家受苦受難。

例如妳的針眼還有智齒。

「所以，該怎麼說……這樣子的我，也許根本沒資格獲得幸福……」

說完這句話的幸太不禁覺得悲慘，可憐兮兮縮起身子。我也想要幸福，可是現實狀況卻不允許。

「對不起，小櫻。水族館妳就和別人一起去吧……我的門票給妳。」

無法直視櫻的幸太從屁股的口袋裡拿出裝有門票的信封，咬著嘴唇將信封遞給櫻。

難得的午休時間，第一次一起吃便當，好不容易能夠一起開心度過，好不容易又知道櫻的優點……好不容易才鼓起勇氣邀她。

明明是這麼想告訴她——我喜歡妳。

即使現在再開心，也沒辦法獲得認同。幸太悲傷悔恨的手正在顫抖，他閉上眼睛——這樣一來一定會被討厭。

沒想到——

「噫！」

幸太受到一股突如其來的衝擊。受的衝擊的不是心，而是他的背。

吐出原本屏住的呼吸，幸太睜開眼睛，才發現櫻突然用力拍了自己的背。

「小、櫻……」

櫻拍了幸太的背，定眼注視他。臉上看不到熟悉的笑容。

「拜託你振作一點！幸太同學！」

溫柔的櫻說出意想不到的強力話語。

「如果幸太同學不明白，就讓我來告訴你！幸太同學絕對不是天生倒楣鬼！不是！絕對不是！」

就算妳這麼說……幸太沒用地轉開看著櫻的視線，可是臉頰卻被櫻溫暖的雙手抓住，她只准幸太看著自己。

「因為我就是最好的證明！我遇到幸太同學之後，真的得到許多意想不到的快樂！和你在一起，全都是開心的事！如果沒遇上幸太同學，我真不敢想像自己會變成什麼樣子！所以幸太同學，你絕對不是倒楣鬼！絕對沒有那回事！」

「我沒有讓妳快樂……都是我從妳那裡得到快樂……我只會給妳找麻煩……」

「不對不對！因為我總是怎樣？總是在笑啊！待在幸太同學身邊時，我總是在笑啊！我很快樂！很開心！很幸福——」

櫻像是想到什麼，用筷子夾起自己便當裡的煎蛋，塞進幸太嘴裡。幸太雖然驚訝，還是不由得咀嚼起來。

「好吃嗎？」

「……太好吃了。」

「既然這樣……那就拜託你笑一笑，幸太同學。別再說你沒有資格得到幸福。」

「即使妳這麼說……」

「帶我去水族館吧。和幸太同學一起去，一定很開心的。」

「可、可是……對了，會長和北村學長還計劃跟蹤我們，妳也不喜歡被跟蹤吧？」

「那種事不管它就好了。對了，就跟姊姊說我們不去吧！可是實際上我們星期六還是會去……好不好？就這麼辦吧？」

「小櫻……」

煎蛋的美味，以及眼前極為溫柔的微笑——事到如今，幸太也不得不承認此刻的自己非常幸福。

喜歡的女孩就在我身邊，還在我低潮時拍了我的背。

好幸福、好幸福，能夠認識櫻真的太好了。幸太腦裡除了這個想法，已經沒辦法思考其他的事。

「為什麼……要對我這種無聊的傢伙這麼溫柔……」

「因為幸太同學很溫柔。我才想問為什麼幸太同學總是為了我這種人那麼拚命呢？」

櫻笑了，幸太也跟著笑了。真不可思議，原本是想哭的。

只要有櫻，不論什麼東西都會塗上一層快樂的櫻色，就好像是被名為櫻的女孩施了什麼不可思議的魔法。

「幸太如果還是擔心，我一定會小心不受傷、不生病，注意不讓自己捲入麻煩。所以幸太同學——」

櫻面帶溫柔的微笑，眼睛稍稍閃過一抹惡作劇的光芒：

「距離週末還有一個星期，請不要覺得幸福喔！只要你一直想著自己好倒楣、好不幸、好衰，就不會發生壞事而牽連其他人了，對吧？我也會幫忙你的。」

幸太覺得很開心，可是幫忙……這是什麼意思？

他不曉得為什麼問不出口。幸福的午休時間，氣溫又升得更高了。

接下來的一週，櫻的幫忙真是到了驚人的地步。

櫻每天都在幸太的鞋櫃裡放進一封不幸的信、只要一見到幸太，立刻故意擺出厭惡的表情，轉過頭去。

「哼！」

看到櫻的背影，幸太也非常認真地自言自語：啊，好不幸，超不幸的……我怎麼會這麼不幸？每天都收到不幸的信，還被喜歡的女孩子討厭，連話都說不上一句。不幸，太不幸了，真是有夠不幸～～！

「唔！對不……哇啊！」

「你這傢伙……走路看哪裡啊！」

午休時間的幸太閉起眼睛，一面自我暗示，一面走在走廊上。

迎面走來的正是這間學校最凶狠、最厲害的生物、人稱「掌中老虎」的二年級女生，此刻的她手上緊握盒裝豆漿，臉上也噴滿了豆漿——

「真、真的倒楣了啦！」

掌中老虎的臉上因為豆漿而濕答答，動個不停的下巴彷彿快要脫臼，璀璨發光的野獸之眼散發類似殺氣的味道，身後的背景也在不停搖晃——哇啊！太厲害了！背後甚至發出肉眼就能看見的猛虎模樣鬥氣。其實幸太也很清楚眼前的生物有多恐怖，說得直接一點，他曾經親身體會。在一連串的倒楣意外與誤會後，幸太終於激怒她，因此才會在某個春天空無一人的夜路，遭到她的襲擊。

「倒楣的人是我吧！話說回來，怎麼又是你！每次只要一遇到你，就會發生什麼倒楣事！啊，我懂了，好！放馬過來吧，我生氣了，快上吧！看我在兩秒內讓你變成只剩三公釐啦啊啊啊——！」

來、來！挑釁的指尖因為生氣而顫抖。

「喔喔喔！掌中老虎要對一年級的動手了！」

「慘了！來人啊，快去叫救護車……不對，快去找住持！要辦葬禮了！」

「先去找高須同學吧！能夠阻止掌中老虎的人只有他！」

「才不要！高須同學很恐怖耶！」

「我也不要！嚇死人了！」

現場圍觀的群眾裡，沒有半個人伸出援手。太倒楣了，這才是真正的不幸！

而且櫻也混在群眾之中。櫻發現幸太遇到掌中老虎的襲擊，一臉鐵青打算要奔到幸太面前……可是——

「不行不行不行，不行……」

櫻不停搖頭，然後好像變了一個人。

「嘿嘿嘿！這下子有好戲可看了！」

「櫻！妳怎麼了？」

「三公釐！三公釐！讓開！我想看變成三公釐的富家幸太！」

「櫻，妳絕對是腦袋有問題了！」

櫻拚命皺起鼻子，甩開朋友的手，故意低聲支持掌中老虎。這一切都是為了幸太的幸福——不對，是為了讓幸太更加不幸。

大約三十秒之後，掌中老虎被趕來的流氓伙伴阻止。幸太總算體會到貨真價實「不幸到了極點」的滋味。

或許是這種做法奏效，一年A班的同學紛紛在這個星期平安無事回來上課；堇的臉也恢復美麗，聽說把她當成變態的國中男生還寫信道歉；至於櫻的身上更是沒有發生任何麻煩。

3

終於到了今天。

幸太直挺挺站在終點站的剪票口附近，稍微遠離吵雜的地方——他不是想假扮成銅像，而是緊張到不行。

這場約會的最後目標是告白，也就是從現在開始算起幾個小時之後，那個時刻就會到來。幸太感到緊張不已，手也在不停發抖。

會順利嗎？我說得出口嗎？會不會被拒絕呢？幸太從昨天開始就不斷思考同樣的事。好想大叫！叫完之後就趕快離開這裡！

幸太汗濕而顫抖的手，拚命按著襯衫袖子的摺痕。

他對自己現有的衣服感到不滿意，所以星期五放學後買了新的T恤，以及套在外面的襯衫，也就是現在身上穿的這一套。可是襯衫袖子硬是出現摺痕，而且一直到抵達目前地才注意，因此從剛才開始就不斷用手企圖壓平摺痕，不過似乎徒勞無功，一看就知道是新的。

而且裡面那件新T恤衣料很薄，所以不能把襯衫脫掉，不然就會激凸。

這身穿著看來是選錯了，可是又沒看到其他喜歡的衣服，手邊現有的更慘……最重要的是……告白，怎麼辦？感到不安的幸太一直發抖，還沒用地嘆口氣。就在這時候——

「幸太同學！」

啪！幸太抬起臉，心臟立刻有如像打鼓般快速跳動。哇！來了來了來了！她來了！

「對不起，我弄錯出口，結果一直待在西口。你等很久了嗎？哈啊！因為是跑過來的，我都流汗了。」

櫻有點難為情地露出笑容，手裡拿著小手巾擦拭額頭。

天生就像漂亮貝殼的乾淨指甲，有著珍珠一般的淡粉紅色。

纖瘦的手上戴了一條用少許閃亮串珠點綴的銀手鍊。

哇啊！哇啊！哇啊！幸太無法正視櫻的臉，低頭企圖掩飾發燙的臉頰。他的視線前方是從裙子底下延伸出來的纖細雪白小腿、似乎一手就能掌握的腳踝、與手指甲塗著同色指甲油的小巧腳趾甲，還有鞋跟不算太高，但是很有女人味的小涼鞋。

「幸太同學怎麼了？」

「不、沒、總覺得……有點不好意思。今天的小櫻，好像……很成熟……」

「嘿嘿嘿，其實我昨天去買新衣服，為了今天狠狠花了一筆。」

幸太被眩目的光芒所吸引，緩緩抬起頭來。他藏不住自己的笑臉，視線再度被櫻的打扮

所擄獲。

微微透光的淺藍色連身洋裝，套在沒有任何妝扮的皮膚上，將她的雪白肌膚襯托得更加潔白、肩帶綁成蝴蝶結、纖細的肩膀披著蕾絲編織的白色五分袖羊毛衫。

那身淺藍與純白的清爽打扮，襯托出桃紅色的臉頰，真的很可愛。這麼可愛的女孩要和我這種一無是處的男生走在一起？這樣真的好嗎？可是櫻完全不給幸太機會感到自卑，有如花朵盛開的笑臉總是在瞬間將幸太捲入戀愛風暴裡。幸太陷入與任何理論無關，令人感到酥麻的櫻色龍捲風之中。

「幸太同學的打扮才好看！這麼說來，這還是我第一次看到幸太同學穿便服。」

「咦！是嗎？啊，那個……其、其實我的這身衣服，也是昨天放學之後，特地為了今天約會買的。」

被龍捲風捲得老高、難以抵抗，讓幸太連不必要說的話也說了。

「咦？真的嗎？你在哪裡買的？該不會是車站大樓吧？」

「嗯，沒錯。」

櫻笑著說道：

「真的？該不會我們剛好錯過了？我這套衣服也是放學後在車站大樓裡買的！」

「騙人！真的假的？」

「真的真的！啊哈哈！好奇怪，我們竟然從昨天就開始做出同樣的事！」

「什……什麼啊……原來如此，原來是這樣。」

幸太也跟著櫻笑了。就在大笑的同時，緊張的感覺也一起消除。原來煩惱該穿什麼，還跑去買衣服的人不是只有我。櫻也對第一次約會感到緊張不已，所以不知道該穿什麼才好。

原來如此——不管我們分開或是在一起，都一起傷腦筋、一起歡笑。

好不容易冷靜下來。好！幸太伸直背脊。總之今天就是要好好玩，和櫻一起開懷大笑。

我相信在說再見之前，我們的關係一定能進展到朋友之上。

「那就走吧！別老是待在這裡大笑。」

「幸太同學還不是在笑！」

「因為妳笑我才會跟著笑。好了，走吧走吧！」

兩人雖然沒有牽手，還是有說有笑地快步走下通往剪票口的樓梯。櫻好像突然想到什麼，再次發出笑聲。

「嗯？怎麼了？」

「沒有，只是覺得……已經一個星期左右沒和幸太同學說話了吧？因為我一直在努力讓你變得不幸。」

「我可沒有忘記。當我遭到掌中老虎攻擊時，小櫻竟然不救我。」

「啊……求你快把它忘記！當時我也很掙扎啊！」

「還有收到的不幸信上面寫著：『收到此信的人，將成為倒楣之國的國王。』」

「討厭，把信丟掉啦！我一直在想要怎樣才能讓幸太同學不幸嘛！那可是我想很久才寫出來的喔！」

「妳還說了什麼？對了……『我喜歡變成三公釐的男生』？」

「我才沒說——！」

櫻拍了一下幸太的肩膀，幸太也笑著步向充滿假日熱鬧氣氛的盛夏街道。今天的陽光依然眩目，幸太與櫻也融入人群裡，成了炒熱街上氣氛的情侶之一。

他們完全沒注意到有一對情侶正在注意他們——

「不過真虧妳掌握得到他們兩人選在今天約會的情報。我還以為幸太真的放棄了，所以不知不覺同情他，心裡想著我沒有請過他，所以前幾天才在便利商店買冰請他吃，而且還是Hagen-Dazs。」

「因為櫻只要有大事，一定會向母親報告。她不曉得媽媽和我是一夥的。」

「話說回來，今天天氣真好。對了，我們去看海吧？」

男子準備再度跨上機車，美少女從旁搶走他的安全帽。路上行人的視線紛紛看向美少女，但她完全不在乎旁人的注視：

「你這個笨蛋！我們應該跟蹤他們吧！真是的！如果讓他們兩人獨處，誰知道他們會被捲入什麼愚蠢的麻煩裡？我們今天也是因為這個原因才來的！」

凶猛的當頭棒喝帶著可靠大哥的溫情。

「我知道，只是開個玩笑。」

男子帶著苦笑離開摩托車——其實他是認真的。乍看之下像是大學生，瘦長的身材配上結實的肌肉，合身T恤搭配牛仔褲的簡單裝扮很適合他。他脫下悶熱的皮手套，擺在全罩安全帽裡面說道：

「稍微拉開一段距離再跟上去吧？反正已經知道他們要去哪裡了。」

男子——北村祐作對著一旁的美少女露出微笑。也許是長相意外端正的關係，他只是將招牌的銀邊眼鏡換成隱形眼鏡、把悶熱的瀏海播開而已，整個模樣就大不相同，連同班同學擦身而過，也不見得認得出來他是北村。違反校規持有機車駕照一事，本來就只有少數朋友知道。至於機車是跟哥哥借來的。

「不過今天真的好熱……一路騎過來就滿頭大汗了。」

「我幫妳拿安全帽吧。」

不用了！冰冷拒絕北村的美少女撥弄長捲髮，俐落的頭髮輕柔散落在雪白的背上。

不光是可愛的髮型吸引路人目光，還有從牛仔短褲底下露出的纖細大腿、修長的小腿，以及長腿上方的臀部。

再加上鮮綠色細肩帶上衣、隱約可見的肚臍、毫不吝惜露出的骨感肩膀，還有想用膠框眼鏡隱藏，反而讓臉龐輪廓更加鮮明的美麗容貌。

「會長，妳這樣會曬傷喔。」

「啥？誰有空在意那種事啊！」

雖然會長這麼說，副會長還是起身替她擋太陽，不過會長對於副會長的體貼八成完全沒注意。會長——也就是學生會長兼狩野姊妹裡面的姊姊狩野堇——恐怕認識她的人都認不出她就是堇，甚至就連親生妹妹也一樣。

＊＊＊

咦？真的假的？騙人！我們都已經來了！

兩人走在通往水族館的路上，耳朵聽到奇怪的叫聲。

大叫的情侶從樹蔭掩蓋看不見的地方回頭，走過幸太與櫻的身邊，臉上盡是難以釋懷。

「幸太同學，他們往回走了耶，前面是不是發生什麼事？」

櫻帶著疑惑轉頭望向擦身而過的情侶背影。

「怎麼回事？該不會水族館今天休息吧……？」

「騙人！」

「騙妳的，我是開玩笑的。我已經上網確認過今天有開。妳看，那邊就是入口。」

兩人一同穿過河豚外型的入口。「喔喔！」情緒比平常興奮三倍的幸太大叫：

「運氣真好！沒人排隊！今天人好像很少。小櫻，我們快點進去吧！」

「啊，等我！」

兩人帶著笑容，眼睛看著對方。逐漸得意忘形的幸太稍微小跑步，轉身若無其事地伸出手──如果櫻握住我的手，我們在水族館裡就能夠一直牽著手。

櫻追著幸太，注意到幸太伸出的手，一瞬間害羞地挪開視線笑了，接著才以笑容直直看向幸太，朝幸太伸出手。幸太的心臟狂跳──啊、騙人！怎麼辦？她的手真的伸過來了！

「嗯！」

可是櫻冷不防地修正方向，收回伸向幸太的手，朝另一個方向跑去。

「咦？耶？小、櫻？」

櫻跑向無須前往的售票處。追上去的幸太終於發現異狀。

售票機全部貼著「暫停售票」的通知，到處看不到工作人員的影子。這麼說來……他直到現在才注意到附近莫名安靜。

「怪了，今天又不是休館日，為什麼沒賣票？」

「不、不好了！幸太同學！你看這個！」

櫻手指前端的東西，解開幸太的疑惑。

『本日休館。由於機械故障的緣故，今日進行緊急檢查。敬請遊客見諒。』

「啥、啥？騙人的吧！不會吧？」

掛在售票處旁的公告文字，徹底擊敗幸太。怎麼這樣……都已經小心避開休館日，哪有這樣的……枉費我今天早上還特別用手機（因為電腦燒掉了）上網確認……

「真是可惜，我們還特地來了。不過機械故障也沒辦法，不修理魚會死掉。」

「……」

「接下來怎麼辦？」

「……」

「幸太同學？」

茫然呆滯的幸太愣在原地，對櫻所說的話完全沒有反應。

怎麼辦？今天原本打算一整天都待在水族館，午餐就在館裡的時尚咖啡廳用餐，所以完全沒準備附近其他店家的資料。這下子該去哪裡才好？我根本想不到替代方案——幸太不禁怨恨自己的經驗太少……錯，是根本沒有經驗，不要裝模作樣了。怎麼辦怎麼辦？總不能一直待在大太陽底下吧？

「小櫻，怎麼辦？我今天只計劃要在這裡玩……」

「嗯——我們也可以去其他地方看看。」

雖然妳這麼說……怎麼辦……看電影？不行，我不曉得現在上映的電影有什麼，再說如果我們搭電車到電影院才發現要等兩個小時怎麼辦？去喝茶？高中生能進去的咖啡廳應該隨便找都有吧？

「幸太同學平常都和朋友去哪裡玩呢？」

「這個嘛、這個嘛、這個嘛……我——」

都去哪裡玩？我不知道。跟著朋友去買遊戲、跟著朋友去買衣服、去朋友家打電動……我還真是個無趣的男人。

「小櫻平常都做些什麼？我不太清楚有什麼好玩的地方，所以看小櫻想去哪裡吧。」

「嗯——我平常……應該是逛街吧？」

「逛街……」

昨天不是才逛過嗎！幸太在心裡大喊，愈來愈不知所措。

糟糕了，這下子她會認為和我出來很無趣。還會認為我是不知變通的男生。怎麼辦怎麼辦……去唱歌？這也行不通，我會唱的歌不多，再說我唱得很爛，很少去那種地方，對於點歌系統也不熟……保齡球？更慘，從出生到現在都沒摸過保齡球。

「總之我們先往回走吧，這裡好熱。」

「啊、嗚、嗯。」

在櫻的催促之下，兩人開始往來時的路走去。可是幸太的腦袋陷入一陣混亂，根本沒辦法和櫻開心聊天。別說接下來要去哪裡，連現在要說什麼都想不出來。

就在微妙的沉默讓幸太的胃開始收縮之時——

「咦？這是什麼？」

一張廣告傳單隨風飄落兩人面前，櫻不經意地撿起那張傳單。

「啊、這是……幸太同學，你看你看！」

櫻一邊說一邊用手指著「第一類接觸・兒童動物園」幾個大字。

「離這裡不遠，只要走一段路就到了。這邊寫著……來和兔子、黃金鼠、天竺鼠一起玩吧……還可以抱……咦？竟然有這種地方，我還滿喜歡的。小櫻害怕動物嗎？」

「不會！沒問題！應該是說我超喜歡的！啊、你看這邊寫『小山羊誕生了』！哇啊！我想看我想看！一定要去看！」

說話的櫻眼中閃著好奇的光芒。看到這副模樣，幸太決定了。

「既然如此，我們今天就去這家動物園吧！」

「贊成！」

啪啪啪啪！笑容滿面的櫻不停拍手，同時還在蹦蹦跳跳，臉上滿是開心的笑容。幸太也被她感染，兩人相視而笑。

「了不起的控球！漂亮！」

堇壓低聲音，伸手以充滿男子氣概的方式用力拍打北村的肩膀。

「不過真沒想到你會隨身攜帶那種廣告傳單。」

「我也沒料到水族館會休館。只不過既然是幸太要去的地方，就很可能發生什麼意外，所以我事先做了不少準備。我這裡還有ＫＴＶ和保齡球館的廣告傳單。」

「不，我想動物園是最好的選擇。櫻剛好喜歡動物。」

「會長呢？」

「也挺喜歡的。」

「太好了，這麼一來跟著幸太他們前去也會變得有趣許多。」

北村莫名開心地放鬆臉頰，不過姿勢卻是淒慘到不行。他為了要躲在茂密的樹叢裡，因此必須以蹲馬桶的姿勢蹲在步道旁的樹叢後方。堇當然也在他身旁，用相同的姿勢盯著妹妹與學弟。

兩人之間的距離近到可以感覺對方的呼吸，臉頰也幾乎靠在一起。

「嗯?怎麼?幹嘛一直盯著別人的臉?」

「沒什麼……只是沒想到妳很適合戴眼鏡。平常是戴隱形眼鏡嗎?」

「才沒有，這是平光眼鏡。我的視力超過2.0，根本沒辦法測量。」

連在這種地方都展現她超乎常人的一面。

兩人的視線前方，幸太與櫻似乎很開心地望著彼此，折回原路走去。他們的背影愈來愈小，最後終於消失在轉角。

「好了……我們也差不多該追上去了。」

「是啊。」

「話雖如此。」

「嗯。」

兩人交換眼色點個頭——

「癢死了!好癢好癢好癢——!」

「呸呸呸！蚊子飛進嘴巴裡了！」

兩人一起跳出樹叢，連滾帶爬來到太陽底下的步道。這對突然現身、不停搔抓全身的可疑情侶，讓在場的一家大小嚇了一跳，家長連忙護著小孩從路的另一頭離開。

「可惡！這邊、這邊、這邊……還有這邊都被咬了！」

穿著比較暴露的堇災情慘重，不只是脖子和手臂，無論是肩膀、背部，還有從熱褲底下伸出來的柔軟雙腿，全都留下蚊子侵襲的痕跡，最慘的地方還有三個腫包連成一片，形成一片龐大的「蚊吻大陸」。

「哇啊，會長還好吧？那裡看起來很癢……」

「你還不是一樣！那個不是蚊子叮的吧！」

瞪大眼睛的堇戳刺北村的手臂，上面是不同於蚊子叮咬的腫包。

「癢、得、快、死、了！第一次覺得這麼癢！」

＊＊＊

「哇啊！好可愛——！」

付了四百圓之後進入柵欄，櫻忍不住興奮地大喊，不但不畏懼滿地都是的山羊糞，對於強烈的動物氣味也不以為意。

「你看你看，幸太同學！看那隻！好可愛！是山羊寶寶喔！」

「慢一點，小櫻！用跑的很危險！」

看樣子櫻真的很喜歡動物。她在悠閒遊走的山羊與綿羊裡面，發現特別小隻的山羊寶寶，試著輕輕撫摸牠的背。

「哇！好柔軟！好可愛！」

「好……就那樣、就那樣，我要照囉！」

幸太放棄制止興奮的櫻，一邊苦笑一邊拿出照相手機對著櫻。

「可以拍到這隻小羊的全身嗎？」

「全身……嗯，可以可以……」

幸太試著拉遠焦距拍下整隻小羊，結果手機差點掉在地上。都怪櫻太開心而沒注意到自己蹲下的模樣——裙間隱約可以窺見雪白的大腿，純白色的內褲更是整個走光。

「笑一個！」

笑容滿面的櫻已經準備好要拍照，小山羊或許受過訓練，也擺出惹人疼愛的表情看向這邊，一動也不動地等待快門的聲音——看起來好像是這樣。也許是心理作用，感覺牠好像在催促「快拍啦！」可是可以拍嗎？真的可以嗎？

「唔……咕！」

最後還是理性戰勝。幸太瞬間抬起手臂，讓櫻的內褲巧妙排除在畫面之外。

「拍、拍好了！」

能拍的部分拍好了。

「謝謝！換我來幫幸太同學拍吧！」

「免了免了，今天就讓我當攝影師吧。小櫻妳看，那邊是天竺鼠區喔。」

「哇！好想看！快走快走！快點！」

櫻看見幸太指引的方向，立刻滿面悅色，朝天竺鼠區跑過去。

天竺鼠區是用圓木扶手簡單圍出來，地板墊高弄得像座露台。櫻與追上來的幸太一起爬上階梯，依循指示走進天竺鼠區。

「哇啊！天竺鼠天竺鼠！一大堆天竺鼠！」

櫻幾乎興奮地快飛起來，朝天竺鼠的展示櫃衝去。有捲毛、短毛、好像實驗用的、超長毛等類型，每隻天竺鼠都露出門牙，真的很可愛。幸太也忍不住拿起相機手機，不停拍攝天竺鼠的照片。

「啊，那邊有黃金鼠！小櫻妳看！」

「哇啊哇啊，黃金鼠好可愛！好小隻！黃金鼠！好可愛喔！黃金鼠！」

「是啊，這麼……小……哇啊！」

「幸太同學，這邊也很棒！啊、啊啊，別……別那麼激烈……！」

「動了！動了！」

「好奇怪！啊、啊啊嗯！」

「啊～～！」

「哈！」

小動物可愛的舉動讓兩人大為興奮，看來櫻與幸太似乎興趣一致，同樣喜歡小動物。他們蹲在展示櫃前面，以極近的距離拚命盯著裡面。

「啊，唉呀，幸太同學，你看這隻，好可愛！嘴巴裡塞滿了食物！」

「哇！真的！塞得滿滿的！」

「吃得完嗎？應該吃不下吧？」

「可是就算那樣也不想給別人吃。」

「兩隻手好像正在搓揉臉頰……咬不下去嗎？牠想幹嘛？」

「啊，嗆到了。」

噗！黃金鼠吐出飼料的模樣，讓幸太和櫻同時哈哈大笑：

「噗哈哈哈哈哈！這傢伙在搞什麼啊？啊哈哈哈哈哈！」

「嘻嘻……肚子好痛！」

笑得太厲害的兩人已經沒辦法保持蹲姿。笨蛋黃金鼠茫然看著自己吐出來的飼料，那副模樣讓兩人笑到沒力，不禁靠著展示櫃。真是太好笑了。

「兩位客人——」

冷不防發出的聲音讓幸太心想「糟糕，我們太吵了」連忙起身，不過——

「現在不用排隊就可以抱天竺鼠喔，要抱嗎？」

「啊，好！我要抱我要抱！妳要抱吧，小櫻？」

「要抱要抱，一定要抱！對不起，我們太吵了。」

「沒關係～那麼請兩位往這邊走。」

工作人員面帶微笑，領著兩人往天竺鼠展示櫃的後方走去。

「噗呼！」

櫻突然發出笑聲，拚命指著工作人員的背。

「？」

有什麼不對勁嗎？工作人員除了長相看似混血兒之外，沒什麼奇怪之處啊？

「請兩位在外面右手邊的長椅上坐著稍等一下～」

幸太定眼看著轉過身露出微笑的工作人員，也不禁笑了起來。工作人員看著開心大笑的兩人，也滿意地瞇起眼睛。

他應該是個混血兒吧？胸口的名牌上面寫著「孝義・Fullham」，而名牌正上方的胸前口袋裡，有一隻小黃金鼠悄悄露出臉來偷看，不過放在口袋裡好像有點擠。大概是他的私人寵物吧？

還真的是「full hamster（註：意指塞得滿滿的黃金鼠）」。

「那、那傢伙是故意要逗我們笑嗎……？」

「可惡！真的笑了，真不甘心！」

好一陣子喘不過氣來的兩人坐在長椅上竊笑不已。幸太一面忍耐腹部肌肉的痙攣，一面思考整個狀況。

櫻看起來很開心，這裡的設備也出乎意料地好，也沒什麼其他客人。雖然是去不成水族館才會來這裡，可是感覺這裡反而比較好。回頭想想，自己的不幸也不全然都是壞事。

「讓兩位久等了～請輕輕抱起這些乖巧的天竺鼠～～！」

總算出現的孝義・Fullham熟練地兩手各拿著一隻毛茸茸的長毛天竺鼠。他將米色天竺鼠遞給櫻，三色天竺鼠遞給幸太。

「哇啊！好可……噗！」

櫻第三次爆笑，幸太也忍不住笑了出來。

「好了，手要牢牢抓住，讓牠們安穩地待在大腿上喔。」

孝義‧Fullham用不知情的模樣遞出天竺鼠。現在他的口袋裡已經沒有黃金鼠。

配合現在的情況，胸前的名牌也變成「孝義‧Molder」。原來是「MARMOT」（註：Molder和天竺鼠MARMOT的日文發音接近）……

幸太與櫻雖然笑到發抖，不過還是接過天竺鼠穩穩擺在腿上，輕輕撫摸柔軟的毛。

「這裡真是怪地方。」

「可是我很開心喔！黃金鼠、天竺鼠都好可愛。以前來這裡時，只有母山羊、綿羊和小羊。其他同類型的動物園裡，常常都是小孩子被公山羊追到哭。」

「啊，聽妳這麼一說的確如此。幸好這裡只放養可愛乖巧的動物，不然我一定被會捉弄，真是太幸運了。」

「我也是——我從小就反應遲鈍，老是會被動物包圍，每次都是姊姊幫我解圍。呵呵，不過話說回來，天竺鼠真的好可愛。」

「真可愛。」

孝義‧Molder很識趣地靜靜走開，留下坐在長椅上的幸太、櫻與天竺鼠。在不遠處的長椅上，一家人正悠閒地抱著兔子，同樣發出幸福的笑聲。

「對了，正好趁現在拍張照。」

幸太將自己腿上的三色天竺鼠擺在櫻的腿上，站起來走向長椅前面。這下子沒問題了！櫻雙腳併攏坐在長椅上，內褲也沒有跑出來。這下子就能夠乾脆按下快門！沒想到——

「很好，要拍囉～咦？天竺鼠怎麼了……？」

「唉呀、唉呀、唉呀！」

不知是否覺得櫻的大腿太過擁擠，被三色天竺鼠壓到屁股的米色天竺鼠想要找尋更舒適的地方，所以往高處爬，準備爬上櫻的連身洋裝。

「聽話聽話，不可以這樣，唉呀呀呀……」

櫻想輕輕抓住米色天竺鼠，可是柔軟的長毛卻很滑溜，而且牠開始有些慌張，忍不住伸出爪子攀上櫻的胸口。

「痛痛痛痛……被爪子勾到了。」

「哇，妳還好吧？喂！過來這邊！」

幸太收起手機蹲到櫻的前面，雙手抱住爪子勾在櫻胸前的米色天竺鼠。被抱起來的天竺鼠不高興揮舞四肢，順著牠的動作——

「喔……」

「唉呀……謝謝你，幸太同學。」

米色天竺鼠的爪子正好拉開櫻的衣襟。櫻的纖細鎖骨底下，純白色的棉花糖雙峰也因為天竺鼠的動作不斷變形。天竺鼠就這麼一下子推擠連身洋裝，一下子拉開洋裝前襟。

「呼，得救了……真是壞孩子！」

櫻瞪著幸太手裡的米色天竺鼠，不過幸太則是溫柔撫摸米色天竺鼠的腹部，心中反覆唸著：「好孩子！真是好孩子！」

「嘿～天竺鼠的點心，一百圓。」

孝義．Molder也在這時候拿著裝有紅蘿蔔的袋子現身。幸太立刻舉手說道：

「給我兩包！」

為了報答天竺鼠的恩情，當然是幸太請客。

「好、好臭……！」

「好像有股瓦斯味……」

在此同時，天竺鼠區的長椅旁邊，露台的深處正在暗中展開激烈的戰鬥。

「咩——」擁有巨大羊角的公山羊軍團一面發出叫聲、一面用瞇瞇眼瞪著堇。牠們發出可怕的雄性臭味，不停朝堇逼近。

堇蹲下來張開雙臂，與步步逼近的公山羊軍團對抗。這些傢伙成群結黨，原本準備有如洪水般湧向幸太與櫻，要不是堇擋下牠們，幸太兩人早在入園時就遭到公山羊軍團的恐怖追逐攻擊。

公山羊也在此時使出卑鄙的手段——

「哇啊！頭髮被咬了！好痛痛痛痛！」

「會、會長，妳還好嗎！」

另一邊的北村一手擋下龐大的蓬鬆公綿羊軍團，將牠們集中在角落，想盡辦法制住牠們。公綿羊軍團的目標和公山羊軍團相同，都鎖定幸太與櫻。只見牠們鼓起泛黃的羊毛——

「唔！竟然在我面前小便！」

「可惡啊，要是現在退縮，我們也會有危險！牠們的怨恨已經到達最高點了！」

「為什麼這群傢伙要攻擊幸太和櫻！這也是幸太的楣運造成的？」

「那也是原因之一，不過櫻本來就很容易成為動物的標靶……唔哇哇哇……！」

「會長！」

「山羊的舌頭好黑！哇啊！不准舔……哇啊啊啊！」

「會、長————」副會長淒厲的慘叫當然傳不到天竺鼠區。這時候從露台探出臉來的人是——

「山羊的點心！三百圓～～！綿羊的點心！三百圓～～！」

有著深邃的輪廓，看起來像外國人的工作人員。

「「不需要！」」

＊＊＊

「接下來要去看什麼？不過好像也沒什麼選擇。」

「是呀。」

幸太與櫻買了園內的果汁與法蘭克香腸果腹，一邊看著很陽春的導覽圖。

「昆蟲館有點無聊……啊，幸太同學，這邊如何？」

櫻的手指著「黑暗動物館」。

「咦，還有這種東西啊？可是裡面有什麼？」

「一定是鼴鼠、睡鼠、非洲狐等夜行性動物吧？」

「啊，聽來很不錯。那就去看看吧！」

「往那邊走，那邊。」一點倦意也沒有的兩人順著路走去。在他們的身後——

「……他們接下來要去哪裡？」

「好像是黑暗動物館。」

不知道為何變得步履蹣跚、全身破破爛爛的堇和北村。

沒有人注意到這是恐怖的陷阱。生鏽的導覽圖右上角寫著「黑暗動物館」，可是這幾個字上方的油漆剝落，所以少了「恐怖」兩個字。

目送四人前往「恐怖黑暗動物館」的孝義·Fullham，又名孝義·Molder（本名：吉田孝義，只是輪廓比較深的日本人）輕輕眯起眼睛，摸摸懷中的天竺鼠背部。

「那個地方今天還真是莫名受到高中生歡迎啊……」

「呃、咦？」

走下通往地下室的斜坡，來到黑暗動物館的入口。然而——該怎麼說，氣氛和想像中不太一樣。

「這裡可以進去吧？」

「應該可以吧。」

幸太偏著頭，看著眼前故意弄成腐朽模樣的門，櫻也不可思議地瞪大眼睛。他們頭上是掛著假蜘蛛網，非常可怕的照明。

簡直就像——

「好像鬼屋……」

「是啊……」

聽到幸太的話，櫻也點頭同意，兩人一時之間陷入沉默。可愛的鼯鼠、睡鼠、非洲狐會放在這種地方嗎？這個氣氛好像不太適合。

「算了，既然是這種小型動物園，也許只是表現手法不太對勁吧？」

「說得也是……剛才的工作人員也有點怪，也許這種……超現實的表現手法，就是這間動物園的賣點。」

「櫻想看鼯鼠吧？」

「嗯，我想看。沒問題的，走吧！」

嘰……彷彿故意發出聲音的門打開了，兩個人也跟著踏進門內。

「咦……？這裡真的是一片漆黑耶！」

「妳還好嗎，小櫻？」

「唔、嗯。」

如假包換的黑暗，僅能勉強仰賴綠色的出口警示燈分辨通道。不過話說回來，黑成這樣，應該連展示的動物都看不見吧？

「啊，幸太同學，注意腳底。」

「呃……」

在連臉都看不到的黑暗中，幸太似乎踏到某個設備而腳步踉蹌，於是櫻輕輕抓住幸太的手臂。

「謝、謝謝……」

柔軟的手心觸感。也許是緊張的關係，幸太感覺到幾分冰冷與汗水。

「我可以繼續抓著嗎……？」

咦——咕嚕。幸太吞下口水的動作，在黑暗中應該沒被發現吧？他拚命克制狂跳不已的脈搏，深呼吸之後才開口：

「當、當然可以！」

櫻的手輕輕抓住幸太的手，幸太連摸的勇氣都沒有……啊啊，神啊，如果我們兩人就這麼關在這裡一輩子就好了……這份心願也帶著幾分認真。

就在此時。

『歡迎光臨，可悲的食物……』

「咿——」

「……！」

櫻的指甲刺進幸太的手臂裡，幸太也幾乎快要跳起來。

播放錄音帶的同時，聚光燈也突然照向兩人面前的牆上。那道牆上嵌著展示玻璃櫃。

「嚇……嚇死人……了……」

「這也太脫序了……」

成群蝙蝠倒吊在燈光之下，露出可怕的模樣。同樣感到不滿的蝙蝠也用翅膀遮住臉，好像在說：「太亮了！」

四周立刻恢復黑暗。

「該不會……接下來都是這種展示吧？」

幸太的話，讓櫻抓住他的手流了更多汗。

「總覺得……好像、好像有『那個』……」

她的聲音在顫抖。

「那、『那個』？」

「我不想說出口的『那個』……長長的、彎彎曲曲的……我就是對『那個』沒轍……不過應該不會有吧？這裡是展示夜行性動物的黑暗動物館，和『那個』沒關係吧……」

櫻的聲音迴響在黑暗裡，已經不只是說給幸太聽。她彷彿在暗示自己、想要掃除對「那個」的恐懼一般繼續說道：

「因為『那個』不是夜行性……對、對吧？晚上可能也會活動，不過算不上是夜行性，對、對吧……？沒錯吧？嗯，應該沒錯。」

「妳、妳還好嗎？妳怎麼了？總之這裡真的很奇怪，我們還是趕快離開。」

「唔、嗯……」

兩人沿著出口警示燈指示的方向，準備加快腳步走出這裡時──

「噹──！」響起無預警的一聲巨響。「咿！」、「呀啊！」兩人嚇得跳起來。聚光燈再度在他們面前亮起。

『來吧，差不多可以好好享受了……愚蠢的旅人……』

下一秒鐘。

「呀啊啊啊啊啊啊啊啊啊啊啊！！！」

「噠啊啊啊啊啊啊啊啊啊啊啊！！！！」

聽起來應該發自兩個人的淒厲慘叫，響徹黑暗空間。咦？我沒叫啊？幸太還沒想到這裡，牆上的「那個」──打在巨大錦蛇身上的聚光燈馬上熄滅，四周再度重回一片黑暗。

「咦？小櫻？」

「我不玩了啦啊啊啊啊！我要回家回家回家啊啊啊啊啊！」

身旁的櫻鬆開抓住幸太的手跑了出去，腳踏涼鞋狂奔的聲音漸行漸遠。

「危險！等等！」

「呀啊啊啊啊不要啊啊啊啊啊！咿……不玩了啦啊啊！」

摻雜淚水的慘叫被「咚！」撞上牆壁的聲音打斷，接著櫻便左轉消失在看不見的轉角。

「等一下！妳這樣真的很危險！」

幸太拚命追著陷入恐慌的櫻，也跟著撞上同一面牆，然後毫不遲疑往左一轉——

「櫻……哇啊！」

「……！」

砰！他撞到什麼柔軟的東西。

身體順勢往前傾，幸太緊抱面前柔軟的物體，壓著對方跌倒在地。

「唔……」

「……」

彼此緊緊靠在一起，上面的幸太重重壓住變成墊背的纖細物體，幾乎快把對方壓扁。那個臉頰、那個手臂、那個四肢，都有著微冷滑順的肌膚觸感。幸太的手摸著……柔軟、滑溜、有如一摸就會溶化的甜點……這個凹下去的地方……肚臍？也就是說……

……這是肚子？

「哇、哇哇哇哇！對不起，小櫻！妳沒事吧？有沒有受傷！」

幸太急忙想要抱起對方。

「……啊啊啊！」

「咦……」

幸太連忙跳開。這個人不是櫻，而是不認識的人。

「糟了！對、對不起！妳沒事吧？」

發出痛苦的聲音癱坐在地的人，應該是名年紀比他大的女性。在出口警示燈的綠色光線下，反光的頭髮帶著波浪，細肩帶上衣搭配短褲，暴露的打扮相當性感。企圖隱藏小臉蛋而戴上的膠框眼鏡滑下來，不過仔細端詳那張臉，就會發現她的美麗——

「哇——！」

「吵死了————！」

那個人就是堇。

不論服裝、髮型或眼鏡，全都是平常想像不到的打扮，所以直到看見臉才知道她是堇。而且會如此用力發出男子漢怒吼的女人，除了堇之外也沒有其他人了。

「為……這……等……怎……咦？」

為什麼？這是為什麼？等一下，會長怎麼會在這裡……這到底怎麼回事！幸太雖然想提出問題，卻因為驚嚇過度，舌頭轉不過來。

在僵住的幸太眼前——

「啊哇哇哇哇……」

菫趴在地上，雙手抱著自己的頭：

「『那個』……有『那個』……！好大！好大一隻啊啊啊啊啊……！」

連在黑暗之中，都看得出她單薄的肩膀正在發抖。

「妳、妳沒事吧？『那個』……是指剛才的蛇嗎！」

「呀——！在哪在哪在哪！在哪裡啊啊啊啊——！」

看樣子沒錯。

「總、總之妳先冷靜下來！蛇已經不在了！會長！」

「咦？幸……幸太！咦！咦？為、為什麼？」

「妳現在才發現嗎……」

菫渾身無力坐在地上，茫然凝視幸太的臉。幸太也說不出話，只是無言回望菫的臉。眼前菫的模樣真是淒慘——眼鏡扭曲、臉上的冷汗像是被人潑水、濕淋淋的頭髮貼在臉上、涼鞋也脫離雙腳滾落一旁。

「那是會長的涼鞋吧？怎麼飛了那麼遠……話說回來，妳為什麼會在這裡？」

「幸太……」

「來，涼鞋。真是的，你們真的跟蹤我們嗎？真是不敢相信……而且還變裝！北村學長

在哪裡？你們應該一起來的吧？」

「幸太……」

「小櫻跑到哪裡去了……我得去找她才行。」

眼前一團混亂，讓幸太的腦袋反應不過來。不過此刻最重要的是櫻，堇和北村的事之後再說，得快點找回櫻才行。

就在幸太起身時，一隻滿是汗水、微微顫抖的白皙小手抓住他的手腕。

「幸、幸、幸、幸太……」

「……妳沒事吧？」

仍然癱坐在地的堇就像是凍僵一樣，只能發出微弱的聲音，眼鏡滑落的小臉只有僵硬的面無表情。幸太這才發現情況不妙。

「腳，使不上力……走、走不動……」

「渾身無力嗎？」

堇連忙點頭，抓住幸太手腕的手沒有半點放開的打算。

幸太抱著堇來到附近的長椅，讓她坐下之後總算能夠喘口氣。

這裡應該是休息區，雖然不是很亮，至少還有一點燈光。

「妳還好吧？冷靜下來了嗎？」

「還好……」

無力的菫抬起頭，用手背胡亂擦拭弄濕臉頰的汗水。

「北村沒跟來……看樣子北村應該遇到櫻了。」

「那就好……櫻和會長都那麼討厭『那個』——蛇嗎？」

「你看，光是聽到那個字——」

「哇啊！」

菫把手伸到幸太面前，可以清楚看見手上滿是雞皮疙瘩。

「以前去山裡露營時，曾經遇到很大隻的……之後我和櫻就打從心裡害怕……唉……」

真沒想到如此完美的菫，竟然也會有害怕的東西——幸太坐在長椅邊緣，再次側眼看了菫的模樣。

除了拿下平光眼鏡之外，身上仍舊穿著露出胸口與美背的細肩帶上衣與超短褲。雪白肌膚搭配一頭黑髮，在保留高雅氣息的同時，華麗的捲髮讓她增添「時下辣妹」的氛圍——沒想到這副打扮這麼適合她——而且不論是這身裝扮還是端整的美貌，都可愛到教人捨不得挪開視線。

雖然原本就知道她是美女，可是今天這副變裝打扮帶來的新鮮衝擊，還是深深吸引幸太的視線。

「話說回來，你們為什麼要跟蹤我們？從哪裡開始跟的？」

幸太企圖掩飾自己不知道要看向哪裡的眼睛，只好含糊開口。

「一開始就跟在你們後面了……因為我們很擔心，既擔心櫻……也擔心你。你是天生倒楣鬼，櫻也是不惶多讓的麻煩製造者。」

「不用你們雞婆！我們直到剛才為止都玩得很開心！」

「什麼態度嘛……真是……完全不懂別人的辛苦……」

「什麼辛苦？」

「算了，沒什麼。」

唉……堇嘆了口氣，看向自己的膝蓋。雪白渾圓的膝蓋有道正在滲血的傷口。

「哇啊，好像很痛……這該不會是剛才被我撞倒弄傷的吧？」

「不是，這是之前撞到牆壁造成的。就這麼用力撞到牆壁……我還在想好痛好痛，血就流出來了。」

「啊，會長，還有這裡。」

幸太的眼睛看到堇纖細的手肘也有一塊紅色痕跡，不過傷勢沒有膝蓋這麼嚴重。

「喔喔……這裡應該是被你推倒時弄傷的……」

「拜託妳換個講法。」

幸太雖然回了一句，心裡還是覺得自己應該負責，於是便從口袋裡拿出面紙：

「這個給妳……話說回來，會長沒帶面紙嗎？」

「沒有。」

「真像個男人。」

「是吧？」

菫以這種事情無所謂的動作撩開捲髮，交叉雪白的雙腿，將面紙按在膝蓋上。接著打算用面紙壓住手肘——

「我幫來妳……總覺得我也有責任。我幫妳壓住膝蓋的傷口止血。」

「住手，怎麼可以摸別人的傷口？」

「這我知道，而且我的手也很髒，不過我會盡量注意不去碰到傷口。」

在淡淡燈光的照射之下，幸太單膝跪在長椅上的菫面前，小心不讓細菌侵入，然後將面紙按在渾圓的膝蓋上。

「會痛嗎？」

「很痛。」

「這我也沒辦法……」

「也是……」

堇舉起手臂，檢查自己手肘的傷口。

幸太視線的高度，正好可以看到雪白的腋下以及消失在細肩帶上衣裡的部分，微妙隆起的曲線完整展現在他的眼前。投射出來的陰影曲線有著出人意料的豐滿弧度。

「唔……好痛……」

因為壓得太用力而感到疼痛的堇，隨著每一次動作，那兩個豐滿隆起都會跟著搖動。而在細肩帶上衣無法掩蓋的部分——

「那邊……好像紅紅的……？」

「哪邊？」

「那邊……腋下那邊。」

「你在看哪裡啊？那是蚊子咬的，蚊子。」

有一個比一圓硬幣小一圈的小腫包。注意一看，蚊子咬的腫包遍布手臂內側、肩膀，還有因為坐著看得一清二楚，白到嚇人的側腹。

「好不容易忘記了，都是你讓我回想起來，害我開始又覺得癢了。」

堇伸出纖細的手指，用指腹摩擦交叉的大腿。連幸太現正按著的膝蓋、修長的小腿、小腿肚、肌膚紋理細緻有如奶油的大腿內側都有蚊子的傑作。

「我現在才有這種感覺……」

幸太的眼睛看著堇身上被蚊子叮咬的紅腫痕跡，開口對堇說道。「嗯？」堇挑了一下眉，手指繼續摩擦大腿內側微妙地帶的紅腫。

手指的動作像在搔癢，有時用指甲抓，展現出靈活的技巧。幸太看到她的樣子，頗為認同地頻頻點頭：

「會長也很沒有防備。看來小櫻的沒有防備一定是遺傳，也就是說……伯母年輕時想必也是一樣……痛痛痛痛痛！」

堇不高興地皺起眉頭，就像釣魚一樣抓住幸太的右耳用力提起：

「你說的這些話可是性騷擾喔！為什麼你對櫻就那麼體貼，對我就是直接了當說出心裡想說的話！」

「這、這都怪會長不好！打扮那麼花俏，而且還穿什麼熱褲！」

「熱褲……」

令人懷念的名詞讓堇一時之間說不出話。

就在這個時候，兩邊都是牆壁的通道前面，傳來微弱的呼喚：

「幸太同學——！」

「會長——妳在哪裡——？」

＊＊＊

等到他們注意，強烈的陽光已經變暗，時間接近傍晚黃昏時分。

其他客人差不多都準備回家了吧？原本就不多的家族與情侶，紛紛朝著出口走去。幸太四人並沒有在意那些，依然坐在園內的美食區。

「真不敢相信！這是侵害隱私權喔！姊姊！」

「櫻說得對！北村學長！」

這真是世上少見的奇景。一年級的櫻與幸太兩人組怒氣沖沖，被罵的人則是超完美好學生兩人組．堇和北村。

「我們也是為了你們好才跟蹤的！真是不知感恩的笨蛋！」

「我和會長都很辛苦……我說真的。」

幸太以銳利的眼神瞪著兩人，盛氣凌人地說道：

「你們倒是說說看有什麼辛苦啊？」

「就是——」

北村正要回答幸太的問題，手肘卻被菫輕點一下——算了，別說了。

「這次的確是我們不好，有點太過火了，我們正在反省。」

「請你們別再做這種事了。」

「是是是，知道了。下次不敢了，我也會叫北村不要跟蹤。我發誓……我買點東西請你們吃，表示我的歉意吧。櫻、幸太，你們要吃什麼？」

「啊，我要漢堡！還要章魚燒！」

「我要炒麵和熱狗。我們只顧著玩，都忘記吃中飯了。對吧，小櫻？」

「嗯嗯！」

「你們兩個剛才不是還拿著超大支的法蘭克香腸在啃嗎！真是……北村，陪我去買吧。我一個人拿不了。」

北村跟著菫起身離開，幸太與櫻總算再度回到兩人世界。

「那個……真是對不起，小櫻。」

幸太道歉的話讓櫻的大眼睛睜得更大，感到不解地偏著頭。

「剛才……該怎麼說……很抱歉我沒能保護妳。」

「討厭、幸太同學，沒關係的。全都要怪我驚慌失措到處亂跑，而且我一下子就遇到北村學長，沒事的。」

「可是，可是……」

遇到北村學長，沒事的。

這句話莫名刺痛幸太的心。內疚——因為櫻害怕的時候，自己沒能陪在她身邊。還有不甘心——能夠好好（應該比自己更好）陪在櫻身邊的人，不是自己而是北村。

「我想保護妳，我想保護小櫻。」

因為一連串麻煩而感到疲憊的舌頭，毫不掩飾地說出真心話。

「幸太同學……」

眼前櫻的笑容，瞬間有如澆了水的花朵般更添潤澤，更加美麗。看到她的模樣，幸太也不自覺地露出笑容。

櫻似乎又對幸太施展了什麼魔法。

那就是「讓人鼓起勇氣、傳遞內心感情」的魔法。不論我說得多麼辭不達意，也一定能夠傳達其中的含意。

「小櫻——」

幸太腦袋一片空白。「約會順利就告白」的計畫，如今已經沒有任何意義。

幸太只是想要把自己滿溢的情感告訴櫻。

「如果下次小櫻又遇到什麼恐怖的事，我想幫助小櫻。因為我……」

櫻的眼睛看著幸太，臉頰染上眩目的漂亮櫻色。幸太僵硬的臉上八成也染著相同顏色。

那是櫻魔法的顏色——盛開的心型櫻色花瓣，隨著幸福的戀愛風暴舞動。

「我喜……」

可是就在這個時候——

「好臭！」

「什麼東西！」

鼻子聞到一股強烈的動物臭味，讓幸太與櫻的表情瞬間扭曲。遠處傳來眾多腳步四處奔馳，逐漸接近的聲音。

「這、這是怎麼回事！」

噠噠噠噠噠。有人比腳步聲早一步衝到餐桌旁邊——輪廓清晰的長相不可能誤認，那個人就是孝義・Fullham，又名孝義・Molder。

「他好像……在說什麼……？」

櫻不安地偏著頭。

「是不是在說『柵欄壞掉了……？高中生快逃……』？」

這不算正確答案。他說的話其實是——柵欄壞掉了！愛笑的高中生快逃！

「嗯？」

「嗯、嗯、嗯？」

兩人總算注意到遠處有如驚濤駭浪逼近的白色河流。那團物體毫不遲疑地撞開長椅、跳過餐桌，往兩個人衝過來。

那團亂七八糟的物體，看來是頂著巨大羊角的公山羊群，以及體格壯碩的公綿羊群……或許應該說是軍團。

「咿——」

「呀啊——————！」

幸太與櫻幾乎同時跳起來，轉身全力逃跑。兩人的右手與左手很自然地握在一起，手指交纏，表示再也不分開——現在不是臉紅的時候。

「呀啊——！呀啊——！過來了！」

「臭死了——！為什麼跟著我們？我們身上又沒有飼料！」

眼淚快要掉下來的兩人左右逃跑，可是在山羊與綿羊包圍之下，還是只能四處繞跑。只見兩個人邊逃邊——

「呼……」

「呼哈哈……」

「啊哈、啊哈哈……啊哈哈哈哈哈！為什麼我們會被羊追？」

「唔哈哈哈哈！明明還有其他客人，為什麼只追我們……啊哈哈哈哈哈！」

也許是太過興奮的關係，兩人的腦袋似乎都有了問題，他們一邊流淚一邊大笑。綿羊用頭頂他們的屁股，山羊咬住連身洋裝的裙襬，兩個人還是不知為何感到很開心，笑個不停。

只因為兩人在一起，所以開心得不得了。一面拚命逃跑一面大笑的同時，幸太明白了。

即使今天沒辦法傳達自己的心意，但是那一天一定會來臨。很快就會到來。

「糟糕，怎麼會變成這樣？啊——啊——等一下會跌倒吧……」

商店二樓的咖啡廳裡，窗邊的座位十分安靜，戶外的喧囂彷彿都是幻覺。

「不過他們還在笑，看起來很開心。」

「這樣啊……看來我們真的變成電燈泡了。」

堇將冷掉的章魚燒放入口中，嘆了一口氣。看著窗外的清澈視線毫無溫度，似乎是放棄了什麼。

「……妳好像很寂寞。」

「很寂寞啊。」

堇的嘴邊雖然露出一如往常帶有男子氣概的笑容，但是低垂的睫毛上，也有不打算遮掩的悲傷。

「櫻到前陣子為止，只是一直跟在我後面，什麼都不會的小鬼……現在已經不需要我的幫忙了。幸太也是，原本只是交不到朋友、什麼都不行的憂鬱傢伙……」

「是啊……真是無趣。」

「就是說啊，現在卻自作主張地獨立……這麼快就長大了。」

「呼！」輕嘆一口氣，堇的視線移到北村身上。面帶微笑的北村也瞇起戴著隱形眼鏡的眼睛看回去。

「嗯？」

兩人幾乎同時注意到窗外傳來的慘叫聲。呀啊——！哇——！咩——！眾多聲音中還混雜著——

「錢包被叼走了啊啊啊啊啊！」

「呀——！不要咬我的一萬圓鈔票——！」

「哇！手機也被叼走了啊啊啊啊啊！」

「住手！不准舔液晶螢幕！」

堇忍不住塌下肩膀，北村也不禁笑了出來。

耳邊清楚聽到悲慘的叫聲——救命啊，姊姊！救命啊，會長！

「要去幫忙嗎？姊……不，是會長。」

「嗯。真是的——這兩個傢伙！」

堇與北村站起來，為了還沒完全長大的妹妹和弟弟飛奔出去。

同時在心裡下定決心，下次不准再讓他們說大話。

＊＊＊

在這件事之後。

狩野櫻在上學期結束之前，成為學生會的總務。

12級颶風

幸福的櫻色龍捲風

1

漫長黑暗的冬天。

大地冰冷凍結，沒有任何收獲，人們因為暴風雪而動彈不得。

太陽昏暗，生命逐漸消逝，世界陷入一片沉默。

然而——

「啊，找到了找到了！幸太同學——！」

「嗯？啊，小櫻！」

冬天終將結束，這是大自然的定律。

「等我等我！我們一起回家吧！」

「好啊！」

冬天結束了，接下來就是春天。不管誰說什麼都是春天。

淡粉紅色的心型花瓣飛舞在甜美的風中，在溫柔陽光的照射之下，獲得溫暖的新芽探出頭來。這個快樂的季節，讓一切生命都獲得生氣蓬勃的喜悅。

「追上你真是太好了！我有些話想避開姊姊他們，單獨跟你說。」

喘著氣的狩野櫻臉上掛著微笑，有點害羞地在富家幸太面前撥弄頭髮。幸太心中的季節完全處於春天，不過在現實生活裡，如今可是盛夏。在瘋狂吵鬧的蟬鳴裡，櫻的圓臉因為炎熱的天氣染得一片紅。她伸出手背擦拭汗涔涔的太陽穴，滑落的汗水一路流下脖子，一直流進領結鬆開、釦子打開的襯衫前襟。

幸太的目光不知不覺跟著汗水來到胸口，那裡只是一片雪白，彷彿可以看見血管。在意識到削瘦的鎖骨下方就是柔軟的隆起之前，他連忙轉開視線。

「怎麼了，幸太同學？怎麼不說話？」

「咦？呃，沒有、那個……小櫻好像很熱。」

「嗯，熱死了熱死了！明天就開始放暑假了，真的好熱。」

呵呵。哈哈。兩人笑著四目相對，並肩一起漫步走出校門。快喘不過氣的櫻伸手按住自己的胸口，針織背心底下豐滿的隆起因此清楚浮現。幸太側目窺視她的胸部，視線轉向隆起下方的明顯陰影，再一次斜眼看著櫻。兩人的視線再次對上。

「呵呵。」

「嘿……嘿嘿。」

頂著發燙的臉頰，兩人再一次相視而笑。

緩慢的腳步彷彿是要多爭取一點時間，不過兩個人沒有牽手。他們從頭到尾只是一邊傻笑，一邊乖乖嚴守距離，不敢碰到對方的手。

富家幸太與狩野櫻現在還不是「男女朋友」。兩人雖然知道彼此都有好感，卻是缺乏關鍵性的一擊，使得兩人只能以「感情很好的朋友」關係，迎接第一學期的結業式。

兩個人都是學生會總務，雖然每天都能在學生會辦公室見面，卻礙於那裡有櫻的哥……不、是姊姊，也就是學生會長，還有學長姊不懷好意的笑容，因此兩人之間遲遲沒有進展。

但是明天開始就是暑假。幸太放鬆有點曬傷的臉頰，甚至沒有發覺自己正在笑，只有露出開心的笑容——明天開始就是暑假，真是令人期待。

雖然暑假學生會也有活動，不過只有早上而已。下午之後就是自由時間，也就是可以盡情玩樂與約會的時間。而且下個月學生會還有要在學校過夜的集訓，所以關鍵性的一擊當然是愈早愈好。

「小櫻，謝謝妳追上來，我也正好有話想跟妳說。本來是想晚一點再打電話給妳。」

「咦？什麼什麼？」

「我想說得是……暑假我們……多出去玩吧？就只有我們兩個人。」

幸太低下頭，意識臉紅的原因不光只是因為天氣熱，還有血液衝上來的關係，不過他還是清楚說出想說的話。

遇見櫻、喜歡櫻，很快已經過了兩個月以上。幸太相信自己已經不再拐彎抹角，而是直接向櫻表達自己對她的好感，而且櫻也對自己有好感，兩人還去約會。雖然遭遇不少意外，不過櫻還是笑得開心。雖然兩人只有在意外時牽過手，但是她依然透過溫暖柔軟的手指，將自己託付給幸太。

這簡直是奇蹟。無論任何人，只要能夠和自己喜歡的女孩子心靈相通，都會幸福到想飛吧?尤其對幸太而言，這種奇蹟似的快樂更是讓他興奮莫名。

回想痛苦的十五年，從哇哇落地的那一刻，幸太就注定背負倒楣的悲慘命運，所以人生裡的重要日子，一定會有不幸、倒楣、不合理的悲劇等著幸太。入學考試之前也是屢屢遭逢意外；每年生日一定會有親戚生病、受傷；還有一位伯母因為得知自己癌症手術當天，正好是幸太的國中入學典禮，硬是將手術改期。更別說幸太的日常生活也經常捲入倒楣的漩渦裡。和朋友約好要去游泳的當天一定會下雨；要搭的公車一定誤點；要過馬路一定遇到紅燈。過年期間去商店街參加抽獎，幸太一轉動把手，抽獎機卻整個掉下來砸在他的頭上，害他受傷縫了三針——這是國中三年級時的往事。兩個月之後的高中入學考試當天，幸太也被車撞飛出去而住院。

這樣的幸太，終於可以享受融雪季節。帶來春天溫暖的人，正是名為狩野櫻的女孩。

櫻是一個溫柔、開朗、可愛又誠實的女孩，幸太最喜歡這樣的她。能夠在身旁找到最愛的對象，真的很幸運，再加上櫻也溫柔接受倒楣的幸太，還跟著幸太加入學生會。

這種好運造訪幸太的人生，就連幸太的親生媽媽都不敢相信。可是這就是現實，漫長的冬天終於結束，春天即將來臨……

「那、那個……我說那個……幸太同學……」

「咦？」

春天……？

「我說有話要跟你說，也是關於這件事……暑假前半我必須到學校上輔導課，每天都要上到傍晚……所以恐怕沒有辦法一起玩……」

春天……剛才櫻說什麼？

「我也一直期待能和幸太同學一起出去玩……對不起。」

幸太再度被吸回冬天的隧道裡，不過他趕緊用力踏穩腳步——我怎麼可以在這種地方被吸回去？春天才剛來臨，就算要我咬住石頭也要挺住！

「輔、輔導課？為什麼？小櫻期中考的確是不及格，可是補考不是都過了嗎？」

「補考的成績只是讓我避免留級……雖然期末考也很努力準備，可是和期中考的成績平均起來……太丟臉，不提了……」

啊啊啊……櫻嘴的巴癟成ㄟ字型，肩膀也跟著塌下。這樣下去，兩人會一起被吸入隆冬

——到了這個時候，不放棄的幸太依然踏穩腳步。雖然自己快被吹跑、只剩下手指還抓住隧道入口，他還是拚命想要留在春天的世界。幸太抬起頭來，努力擺出開朗的笑容，輕拍一下櫻的肩膀。怎麼可以因為這種事情放棄春天？

「沒、沒關係的，小櫻！反正我也要來學校處理學生會的事，那我們就每天一起吃午餐吧！我也會一邊自習，一邊等著小櫻的輔導課結束……對了，還有暑假作業要寫，我會先把作業都寫好，到時候再教妳！」

「幸太同學……」

櫻凝視幸太的眼裡，發出有如花瓣朝露的閃亮光芒。幸太用力點頭，以堅定的眼神回看櫻的眼睛。

「對了，再說暑假後半我們不就能夠一起玩了？學生會的活動結束後，我們就一起去游泳吧？還可以到處繞繞，一定每天都很開心！還有集訓，我可是很期待的！」

「謝、謝謝……謝謝，幸太同學……我好高興，好高興喔！本來還很失望的……」

「恢復精神了嗎？」

「嗯！恢復了！對了，我每天都幫幸太同學做便當吧！」

「咦？真的嗎！」

櫻伸直背桿，快要飛起來似的踮起腳尖，當著幸太的面點了好幾次頭。此刻的她幹勁十足，眼睛閃閃發光，笑容滿面。

「我現在超有勁的！走吧！幸太同學，我們去一下書店吧？我想買新的食譜！」

現在的櫻精神奕奕地踏著每個腳步。看到櫻恢復精神的模樣，幸太也忍不住笑了。等等我——！他大步追上前面的櫻。

「嘿嘿，好期待小櫻做的便當，一定很好吃。小櫻暑假要上輔導課，反而是件好事。」

「咦——？才不是，難得的暑假，我卻從一大早就要開始念書喔——！」

「啊哈哈，也對。抱歉抱歉。」

「嗯～幸太同學真過分。」

「呵呵。」

「啊哈。」

兩個人一起害羞地扭著身體笑個不停。於是幸太確信自己真的可以理直氣壯，好好地站在春天的世界裡了。

原本應該感到憂鬱的輔導課，似乎也成了開心的活動，前途一片光明。就在這時候，那股熟悉的冰冷「前兆」又如閃電般突然爬上幸太的背。

來了來了來了……倒楣事要發生了。

幸太以嚴肅的表情查看四周。對了，我不能太興奮，春天的確來臨，但自己終究是天生倒楣鬼，不曉得前方又會有什麼倒楣事在等著我。這個世上有陷阱，而且越得意的傢伙越有可能掉進陷阱裡。

有沒有車子往這邊開來？如果當著櫻面前被車子輾過，那可就糟糕了。錢包在嗎？有沒有什麼臨時起意的歹徒？會不會有什麼東西掉下來打到頭？家裡該不會又失火了？

「小、小櫻，現在很危險，妳走旁邊一點。」

「咦？什麼危險？」

「如果車子偏離車道亂撞過來，那可就危險了。所以——」

「啊……」

就在櫻驚訝的表情接近幸太的瞬間，眼前的景色突然有如慢動作，櫻張大的嘴巴愈來愈高——不是櫻愈來愈高，而是幸太愈來愈低。等到他領悟到這一點，人已經跌入洞裡。

幸太的身體感受一股強烈的衝擊，全身幾乎快要散開，眼前一片漆黑。

身上發出「喀嚓！」「吱嘎吱嘎！」的聲音。

「幸、幸太同學——！快、快來人！叫救護車啊啊啊！」

在櫻的慘叫聲中，幸太的靈魂開始脫離身體，躺在透明腳下的是自己淒慘翻著白眼、頭先著地的身體。

沒錯，的確有陷阱

例如工地現場旁邊，有個忘了填平而大剌剌開在人行道上的大洞，深約兩公尺，正適合左顧右盼，沒注意到腳下的笨蛋跌落。要是跌進去，大概會骨折吧——幸太也的確骨折了。

七月二十一日，上學期的最後一天，上午十一點三十五分。

富家幸太的手腕和三根手指骨折，兩根肋骨斷裂，脖子、腰、肩膀傷痕累累，送到醫院之後只換來一句「傷成這樣～～應該是動彈不得了～～」接著就是辦理住院手續。

冬天結束之後，春天就會來臨。春、夏、秋過了，就會再輪到冬天。可是北國的冬天好長，真的很長。

這就是自然界的定律，人類的力量終究難以抵抗。

＊＊＊

「幸太，你真的不要緊嗎？直到昨天為止都在住院，至少今天再多休息一天。」

「沒問題的，再說石膏也拆掉了，只是有點行動不便，可是沒問題的。」

「唉，也對。遇到那麼多意外還能好好活到現在，搞不好你是超耐命的孩子。」

「好歹也選個健壯或強韌之類的詞吧……」

幸太抓著手提袋走下母親的車，狠狠瞪著校門——睽別三週的校門、因為熱氣而搖晃的運動場、櫻花林蔭道，還有老舊的校舍。

正好三個星期前，幸太走出這個校門之後跌進大洞裡，緊接著就被送到醫院。今天，他再度回到這裡。

在醫院病床上度過二十個夜晚，也作過二十次櫻的夢。櫻有時穿著泳裝，有時是啦啦隊的打扮，有如幻影一般為幸太打氣，喊著：「幸太同學！加油！」可是只要一伸手，櫻就會消失無蹤。幸太睜開眼睛回到現實世界，發現自己想伸出去的手因為打了石膏動彈不得，只是在自己肚子上留下一股冰冷的異樣感覺。

現實生活的幸太與櫻，從他住院之後就沒有見過面。別說是見面，連通電話、傳簡訊都沒有。櫻一大早就要上輔導課，趕不上醫院規定的探病時間，所以無法探望幸太。幸太的手機在掉進洞裡時摔爛了，住院期間當然不可能買新手機。再加上公共電話又在護士站旁邊，每次只要想打電話「啊，打給女朋友~~？」「什麼？富家同學有女朋友~~？」就會被那堆熟識的護士姊姊取笑，害得這個害羞的高一男生始終不敢打電話。

不過櫻倒是有寫信。她拜託哥哥……不、是姊姊堇趁著學生會全體探病時拿過來。裡面寫著：「你還好嗎？」「輔導課好累！」「快點恢復精神！我好想去看你。」之類的話，在沒什麼內容的信裡，字裡行間都充滿了櫻的溫柔。可是幸太沒辦法回信，因為他的右手食指、中指，以及左手中指都骨折。

現在不是鬱悶的時候。

我想見櫻，好想見她。想見她想見她想見她。我想告訴她，謝謝她寫信給我、想告訴她，見不到她好寂寞、想看到她的臉、想和她說話、想見她想見她想見她。

幸太像是誦經一樣不停唸唸有詞，還展現連醫生都感到訝異的驚人恢復力，到了今天，幸太終於回到這裡。今天就是學生會集訓的日子。

「幸太，你要小心別出事、受傷或突然生病了。別老是給人添麻煩……喂，你有沒有在聽啊？幸太，幸太！」

「呼……呵呵呵呵呵。」

他哪有空去聽母親的警惕，終於可以和久違的櫻見面，我該說些什麼才好？該擺出什麼表情才好？光是想到這些事就讓幸太的臉頰發燙，焦慮不安地想在原地亂跳、想用腦袋支撐身體倒立、想要原地轉個幾圈——雖然辦不到，不過這就是他現在的心情。

「唉呀，前陣子謝謝妳，還特地過來看我們家幸太！」

「啊！好久不見，富家媽媽。我拿家裡的商品去探病，還覺得很失禮呢。」

「沒那回事，正是時候的桃子真的很好吃！也請代我向妳爸媽問候一聲。」

「媽媽現在正好在車上。」

啊……回過神的幸太轉身一看。

一輛寫著「狩野商店」的眼熟白色車子，停在富家媽媽的車子旁邊。正在和母親聊天的人，正是穩重到看不出是高中女生的——

「喲！富家學弟！太好了，你終於恢復精神了！哈哈哈哈哈！那麼，富家媽媽，富家學弟就借我一個晚上，我會負責照顧他的！」

「別這麼說，這孩子耐命的程度強到教人不敢相信，不用特別照顧他也沒關係，隨便丟在一邊就行了。啊，對了，還有別靠他太近，否則不曉得他會傳染什麼楣運給妳。」

「哈哈哈！幸太，連你媽媽都說得這麼狠啊！」

「呵呵呵呵呵，這是事實啊～～！」

堇藏在夏季制服袖子底下的手臂，乍看之下似乎柔弱無力，其實暗藏強壯的男子漢臂力。她的手牢牢勒住幸太的脖子，另一隻手以親戚大叔的親暱動作，隨手撥弄幸太稍微變長的頭髮。

「痛痛痛痛痛！」

「富家媽媽，他就交給我了。」

「幸太，別老是給狩野學姊找麻煩，也別把楣運帶給人家。」

「現在倒楣的人是我！媽媽救命啊！這個老頭要把我……」

「喔——」

「痛死了痛死了痛死了！」

唉啊～感情真好～母親只是微微一笑，就若無其事把幸太拋到一旁，轉頭面對狩野家的媽媽。「唉呀，您好，我是富家幸太的母親～！」「唉呀唉呀，我是狩野～！」拉高音調的招呼聲此起彼落。

投降！投降！幸太拍著堇的手臂，這才總算脫離地獄的「裝熟手肘勒頸」攻擊。他瞪著堇說道：

「這、這樣不會太過分嗎！我才剛出院耶！」

「抱歉抱歉，看到你這麼有精神，我忍不住就——不小心的、不小心的。」

「不小心不小心……如果脊椎骨折怎麼辦？真是……」

「反正又沒事。」

堇雙手抱胸，在盛夏陽光的照耀下露出不安好心的微笑。柔順的黑色長髮披在肩上，明明是個面貌清爽的和風美女，但是——

「來吧來吧，別一直站在這裡！走了，幸太！你是第一次參加集訓吧？很好玩喔——！哈哈哈哈哈哈哈！」

——卻從丹田發出巨大聲響，那張笑容充滿男性荷爾蒙。學生會長狩野堇，人稱狩野姊妹的大哥，既頑固又豪爽，是大哥也是父親，更是值得大家依賴的頭目。

「喂！熱死了，進去吧！」

「是是是……」

堇抱住幸太的肩膀……幾乎可以算是粗魯抓著。幸太準備踏出腳步之時，突然想起一件很重要的事，停下腳步詢問：

「會長，小櫻呢？」

「咦？不就在那邊嗎？」

幸太轉頭看向周圍又看往背後，這才忍不住抖了一下。

櫻就站在那裡。

身上穿著夏季制服，臉頰因為天氣的關係泛紅，手裡抱著看起來很重的袋子。她站在稍遠的地方，定睛凝視幸太和堇。

幸太好想直接穿越數公尺的距離，朝著她飛奔過去。

多虧最後的自制力把自己的腳定在地上，他才沒有付諸行動。我好想見妳！他忍下想哭的淚水，也盡全力忍住開心忘我奔向她的衝動。

咕！幸太勉強壓抑爆發的愛意，心想等一下只要一如往常微笑、一如往常打招呼，如果再加上一句「我好想妳」就很完美了。

可是到底出了什麼錯？勉強壓抑的身體，就這麼不自然地僵硬、腦袋像是挨了重擊般一片空白、黏在一起的喉嚨發不出聲音、心臟好像也有問題，正以每秒16拍的速度狂跳，甚至快要從嘴裡跳出來。動彈不得的幸太不由得低下頭，挪開視線。

從看到櫻的表情那一刻起，幸太所受到的衝擊，就好像看到爆炸中心白色火焰發出的閃光一樣。他的肌肉與表情一點一滴愈來愈僵硬。這是怎麼回事？這種感覺……我只想轉身離去，只想躲在陰影裡，只想假裝沒有看到櫻。好難過，我好像快死了。

只要櫻說句話、笑一下，所有的一切或許就能恢復原狀。

即使如此。

「……」

櫻為什麼一句話也不說？她露出難以釋懷的表情，噘起嘴巴看著幸太，然後看過姊姊之後再一次看向幸太，「哼！」一聲便將視線轉到旁邊。剛剛還在和幸太打打鬧鬧的堇，手臂若無其事地離開幸太的肩膀：

「怎麼了，櫻？走吧。怎麼連幸太也不說話？」

櫻沒有回應姊姊的話，也沒有露出笑容，只是稍微加快腳步走過來。正確的說法應該是往校舍的方向。與幸太擦身而過時，她總算開口說道：

「好久不見。恭喜你能夠出院。」

說話的聲音比往常僵硬二〇〇%。可是幸太無法回應，也抬不起頭來——咦、咦、咦？咦？為什麼會變成這樣？疑惑在幸太腦中不停狂奔，幾乎想要大叫出聲。

櫻看著僵硬不動的幸太等了一會兒，最後還是放棄等待，從幸太身旁朝校舍走去。

啊……咦——？

2

「喔！幸太，原來你在這裡！」

「……」

「你可以參加集訓啦？太好了！身體的狀況怎麼樣？已經完全康復了嗎？」

「……」

「幸、幸太？」

「北村學長，拜託你別再脫了。」

「可是現在正好是社團活動結束的時間，淋浴間客滿，我又滿身汗臭……之前被會長罵過很臭，所以……」

「這裡可是廁所喔！哪有人會在廁所脫到只剩一條內褲的？
就在幸太如此怒吼時，在眼鏡後面睜大眼睛的北村祐作把下半身最後一件也脫了。
「抱歉，我就是會在廁所裡脫光光的男人。」
「全都被我看光了……」
幸太的雙腿失去站立的力氣，不禁趴在洗臉台上。這個世界上最難過的事，莫過於低潮時還得看男人的裸體。
不過能幹的副會長北村，仍舊一臉無所謂地浸溼毛巾擦拭全身。不想看卻映入幸太眼簾的全裸身體分成兩個顏色，無論是臉、脖子和袖子外的手臂都被曬成小麥色。
「剛才參加社團活動嗎？」
「是啊。因為秋天有大比賽，為了應付比賽，每年暑假都很辛苦。幸好時間還可以跟學生會錯開。」
北村除了擔任堇的左右手，同時也是壘球社社長。他拿下用透明膠帶固定在鼻梁上的眼鏡，以豪爽的動作開始洗臉，那股力道甚至把水潑到脖子上。最後還把腦袋湊到水龍頭底下，直接用水沖洗。
「哈——終於爽快多了。」
全身赤裸的北村撥弄潮濕的頭髮，幸太只能盡力避開視線，在心裡詛咒自己老是吸引怪人靠近的倒楣體質。

「真是的……都到了這種時候，你都不會緊張……」

「怎麼了？發生什麼事了？」

幸太當然不打算找北村商量，也不可能找北村商量。不過並非他現在全身光溜溜的關係。「沒什麼。」幸太一面小聲回應，一面無力地靠著乾燥的洗臉台。

北村是個能夠信賴的學長（雖然現在全裸），不過即使是北村，應該也沒辦法解決連幸太本人都搞不清楚的狀況吧？總算見到原本想見的櫻，卻莫名感覺兩人之間有段距離——或許該說想要和她保持距離……

是啊，僵在原地不動、不說話、不看她的臉，這些全部都是幸太的所作所為。明明那麼喜歡對方。雖然喜歡，我還是不明白為什麼，為什麼我突然想要躲起來。明明那麼想見櫻，但卻無法正視；明明那麼想和櫻說話，想聽她的聲音，卻想逃離現場。櫻大概是因為我這種莫名其妙的態度，所以才會生氣。

到這裡幸太都還能夠了解，所以他沒辦法待在學生會辦公室，只能逃到廁所，卻在這裡遇到全裸男。

「如果真有什麼事，你都可以找我商量。反正集訓的夜晚很長。」

擦過頭髮之後，北村將沾滿汗水與塵沙的髒兮兮壘球隊制服放進塑膠袋、換上乾淨的內褲與襪子、穿上T恤、戴起眼鏡、把手伸進制服的袖子裡。這身裝扮總算是能夠見人了。對了——幸太抬起頭詢問：

「我之前忘了問……這個集訓到底要做什麼？要我們帶的東西也很奇怪。」

「所有東西都有帶來吧？午餐便當、冬季制服、冬季運動服、圍裙、泳裝。」

「帶是帶了……該不會要游泳吧？還有便當就算了，冬季的制服和運動服……」

北村把皮帶繫好，抓了幾下濕淋淋的頭髮輕聲笑道：

「你馬上就會知道。我們回學生會辦公室吧。」

＊＊＊

大家拉過椅子圍著桌子坐下，依序是北村、幸太、二年級的書記總務兩人組，然後是櫻——堇突然把過去十幾年來這所高中學生會的活動日誌堆到眾人面前。

「好多灰塵！」

「打掃櫃子是你的工作吧？你都在混嗎？」

堇瞪著幸太，幸太一邊拉遠距離，同時把視線投向坐在遠處的櫻。櫻盯著堆滿桌上的活動日誌，看都不看幸太一眼。幸太注意到櫻的視線即將抬起，連忙將目光轉回自己的膝蓋。

再這樣下去不行啊……

「打開看看！」

完全無視幸太的猶豫，堇以下巴指示幸太打開日誌。幸太根本沒那個心情，可是此時此刻也只能服從。於是他拿起其中一本翻開一看。

「哇啊、好驚人……昭和六十三年（西元1988年），第二十三屆學生會的紀錄……」

老舊厚實的裝訂，這是貼著照片的紀念冊。從入學典禮開始，校外教學、遠足、球賽、校慶、運動會、學生會選舉、入學考試到畢業典禮，整理得井然有序。照片裡面的拍滿有些生澀的高中生為了學校活動開心歡笑的模樣。

「喔……這是舊校舍……話說回來，這到底要做什麼？」

「啊，發現年輕的會長了。」

「咦？哪邊哪邊？哇啊……」

聽到打開其他紀念冊的北村這麼說，幸太不自覺地看向他的手邊，意有所指的叫聲讓他的後腦勺遭到堇毫不留情的鐵拳制裁。

「叫什麼叫！我也有過高中一年級啊！」

「因、因為是綁辮子啊！」

「不行嗎！」

兩年前的紀念冊裡，收藏著堇當時擔任一年級總務的照片。即使是在團體照裡，堇還是一副了不起地交起雙臂、岔開雙腿站立的姿態，或是露出所向無敵的冷笑，堇果然是堇。辮子頭以及比現在再豐潤一點的臉頰，讓她看來好年輕、好可愛——雖然幸太從來沒想到竟然有一天會把這個形容詞用在堇身上。

「嗯、咦?可是這一年的照片好像有點怪?」

幸太一開始只注意堇，所以沒有留意，不過仔細一看之後才感到懷疑——這本紀念冊的照片都很奇怪。

至於要說哪裡怪……例如畢業典禮照片的櫻花，根本就是三合板做出來的布景。還有畫面上完全看不到其他學生，所有照片都只有固定那些人……看來照片裡面全部都是當時的學生會成員。而且完全感覺不出季節的變換，所有人的髮型也都沒變，只是在很假的布景前面擺出騙人的表情。

「這個我想……該不會是在一天之內拍完的吧?」

「怎麼可能!」

「是、是嗎?可是總覺得……」

「才不是一天，是兩天。」

「呵呵。」堇的臉上浮起一抹微笑。這樣啊……幸太連吐槽她的力氣都沒有。

「也就是說，這趟集訓的目的，就是要『製作紀念冊』！今年我們也要依循傳統，在兩天之內過完一年的活動！」

喔喔！學長姊紛紛群起鼓掌，可是幸太仍然還沒進入狀況。

「這樣很怪吧？剛才看的那些老照片，不像是捏造出來的。」

「從北村手上拿的那本紀念冊，也就是從我進入學生會擔任總務的前年開始，學生會進入歷史的轉捩點。不過這是小題大作的說法，主要都是因為這個傢伙，他就是原因。」

堇透明的薄指甲指著團體照裡的一名男子，個子高大的他張開嘴巴哈哈大笑，健康的外型有點像是橄欖球員……說得難聽一點，就是讓人覺得悶熱。

「這個人是大我一屆的學長，也是當時的副會長。」

「會長也有學長啊……」

「我是怎樣？無視時間流逝的動物嗎？算了，總之這傢伙說他對攝影有興趣，自願負責所有活動紀錄。他說要用他最得意的相機來拍，所以我們就把所有的活動照片交給他。結果某一天的校外教學，他的相機以及之前拍的底片統統都被偷走，這下子連前面的紀錄也全沒了。『既然沒了，我們就造假吧！既然都要做了，乾脆就連未來的照片也先拍好吧！』當時有人這麼提議。」

「不曉得為什麼，總覺得開口提議『造假』的人，應該是會長……」

「喔喔、你猜對了。因此從那年開始，學生會每年都會利用集訓來拍假活動照片。」

「隔年的照片也是捏造的嗎？」

「是啊。他當上會長之後表示：『反正集訓也沒有什麼事情做，閒得很，乾脆每年集訓都來拍假照片吧。』」

「也就是說，今年的集訓也要拍假照片……」

「沒錯。提議這個方法的我如今當上會長，當然要沿襲下去。歷史就是這麼一回事。」

蠢斃了……一句話也說不出口的幸太只能茫然攤開去年的紀念冊。櫻花布景妝點下的入學典禮，以及只有學生會成員的運動會照片。這樣做真的好嗎？

「啊，北村學長也登場了。」

「我嗎？真的……好懷念啊。」

比現在矮上許多的北村在運動會的照片上，一個人跳著空虛的自創舞蹈。臉上掛著莫名認真的表情，雙手拿著長緞帶。照片裡是踏出華麗舞步的瞬間。就在幸太看得入神——

「那張照片我不喜歡。來，看下一張，下一張。」

北村從旁硬是伸手翻動紀念冊。

「啊啊，真是的，我好不容易找到一張好笑的……啊，團體照！」

貼在最後一頁的大尺寸照片裡，幸太找到堇與北村的身影，順便也找到了——

「喔喔，書記學姊與總務學長也在。」

「我說富家……」

「我們兩個不叫書記總務，我們也是有名字的……」

「喔～這邊還寫了將來的夢想耶！這種感覺真棒。」

書記總務兩人組的抗議被若無其事地忽略了。幸太開始唸出學生會成員頭上用麥克筆畫出的對話框內容。

「北村學長是『想當考古學家』……哇啊，真是像你。會長是『交給命運決定！』……沒意義卻又一副了不起的樣子。書記學姊與總務學長都是『未定』，存在感真薄弱……」

剛剛那位長相悶熱的前任學生會會長頭上，寫著「與世界最快的馬一起奔跑」。這是什麼願望啊——心中才剛這麼想，立刻注意到一件事。

前任學生會合計九人，前面五人後面四人排成兩排。前排中央是前任會長，他的右手邊是當時的副會長堇，北村則是站在前任會長的左後方。

前任會長的臉露出笑容面對前方，堇看著前任會長。

堇看著會長，北村看著堇。

「……？」

這個……正當幸太偏著頭摸不著頭緒之時。

「那麼我們就從現在能夠拍的照片拍起。喂，櫻，把那邊的瓦楞紙箱拿來。」

「嗯。」

聽到菫的聲音，幸太又被拉回現實，連忙抬起臉來。自己刻意裝作沒看見的櫻，聽從菫的話之後起身，背對幸太準備把架子上的小瓦楞紙箱拿下來。伸直手臂依然搆不到，於是單腳膝蓋有點難看地跪在椅子上，再將背打直一點。她的百褶裙裙襬摺起，底下隆起的臀部與雪白大腿的邊界線，描繪出一條過度刺激的曲線。

「……！」

幸太原本撐在桌上的手肘不自覺滑落，眼睛都快冒出血來。不過摺起的裙襬很快恢復原狀。幸好……可是有點可惜……不過幸好……不對不對，是可……

我也來幫忙吧？

我們一起拿吧？

幸太很想這麼說，可是卻說不出口，發不出聲音，無法正視櫻的臉，也不想讓她看到自己此刻染得通紅的臉。明明想幫忙，明明想一起拿，可是……幸太在櫻發現之前先別過臉，自己也不知道為什麼，身體自然而然偏向旁邊，假裝若無其事地轉過身子。只有狂跳不已的心臟好像快要爆炸。

「你在幹嘛，幸太？快去幫忙啊！」

「那、那個……」

「？」

菫低頭看向幸太，幸太只是搔搔頭。真不知道自己到底想怎樣。

「怎麼？你到底怎麼啦？」

「不是很重要的問題，不過這個前任會長成為賽馬選手了嗎？」

「啥？兩公尺高的人怎麼當賽馬選手啊？他去北海道大學念獸醫系了。」

「北海道大學……跑到這麼遠的地方啊。不過的確是所好學校。」

「是啊，北海道很遠喔……沒有相當的覺悟可是去不成的。好了，別再說廢話了，就和你們說開始了。」

抱歉，拿你當逃避的話題——幸太瞄了一眼照片中微笑的男子。不曉得他有沒有注意到菫曾經那樣望著他？

＊＊＊

「這、這是什麼場景啊？」

「校外教學。你沒有去過嗎？春天搭著公車去沒什麼看頭的山上。都已經是高中生了，還去那麼遜的地方──」

「我記得當時我應該在住院。」

「那就更好了──現在可以體驗一下。」

是嗎……？幸太不禁沉默。大家換上運動服，聚在運動場旁邊草坪的樹下吃便當。由於現在正是炎熱的盛夏，所有人全身下上都在不停流汗。

「幸太，笑得開心一點！嗯──感覺不太對……有了，所有人都舉起便當試試！」

負責拍照的北村一聲令下，堇和其他四名校外教學部隊都高舉自己的便當，露出傻笑。

「啊，是學生會。」「在吃便當。」──即使田徑社的人正在看他們，他們也不以為意。

「感覺還是不太對，好像很故意，又好像很彆扭。大家再更這樣……肩膀靠近一點，我想要拍出『哇啊！是山耶！』的感覺。」

北村明明只要拍好眼前的場景就好，但是卻一臉得意地不停示範各種動作。沒辦法的幸太只好和身邊的某人肩靠著肩。

「啊……」

「嗯……」

飯糰掉落在地。原來在他旁邊的人是櫻。

呼吸停止，又紅又熱的臉根本掩飾不住。櫻在極近距離的臉頰緩緩抬起看向幸太，上面有著不停顫抖的睫毛，還有帶著嬌豔血色，像是沾了蜜的豐唇。

不妙。

她本來有這麼可愛嗎？

有這麼活生生、這麼鮮明、這麼……潤澤欲滴的表情嗎？

分明不想看，想要繼續無視下去，可是見到之後就再也挪不開視線。櫻也疑惑地眨動眼睛回望幸太。無法呼吸，冰涼甜美的蜜彷彿一口氣滋潤過分飢渴的喉嚨。

神啊，如果要我死，那麼就是現在……

「啊啊～～！」

「哇啊～～！」

突如其來的衝擊，讓幸太與櫻同時驚叫出聲。堇從兩人身後粗魯地伸出雙手，一左一右將幸太與櫻緊緊抱在一起。

「那是什麼聲音？你們兩個吵死了！」

「會……會長啊啊啊啊啊啊啊啊！」

「姊……姊姊耶耶耶耶耶耶耶耶耶！」

「吵死了——！」

兩人的腦袋用力撞在一起。「唔唔唔……」他們痛得一起呻吟、閉嘴。

「快拍！北村！」

幸太與櫻都出不了聲音。菫跪在他們背後緊緊抱住他們，兩人此時臉頰貼著臉頰，全身喀噠喀噠不停顫抖，也不曉得到底是誰在發抖。眼睛雖然睜開，可是什麼也看不見。筷子從櫻的手上掉落。好、好、好、好柔軟，每一處都好柔軟，膝蓋也靠一起、疊在一起……

「啊～～真好～～」

「會長，我們也要加入……」

「喔！書記還有總務！你們快來！」

哇──書記學姊緊緊靠著菫的右手，總務學長則將臉貼近左手，擺出大口咬下三明治的姿勢。

「好、好好……我也想加入……」

「好了好了，北村快拍！我的手開始抖了！」

一臉羨慕的北村也只能乖乖按下快門。

「啊……！」

「哈……！」

原本緊靠一起的幸太與櫻立刻分開，保持一段距離，側坐在碰不到對方的位置。櫻已經滿頭大汗，脖子和額頭都因為汗水而泛著光澤，眼皮像喝醉酒一樣染成紅色，她咬著嘴唇，

渾身上下發散甜美的氣息，手指無意義地玩弄身旁的草。

「幸太……你怎麼了？好噁心啊……」

「咦？我、我嗎！」

堇一臉嫌惡地盯著幸太。幸太回過神來，才注意自己擺出和櫻相同的姿勢、相同的表情、散發相同的氣息、同樣玩弄身旁的草。他連忙端正坐姿，擺出像個男子漢的姿勢，撥弄滿是汗水的瀏海，側目看到櫻也嚇得跳起來，僵硬地用側臉對著幸太，低下頭開始吃便當，一顆飯粒黏在她的臉頰上。

和、和她說話！這是機會！告訴她——「小櫻，臉上有飯粒喔……妳打算當宵夜嗎？」

幸太嚥下口水，下定決心想好台詞，像個老頭一樣伸出抖個不停的手指：

「小……」

就在此時，運動場上有人大喊出聲：

「啊哈哈！狩野，妳在幹嘛？臉上有飯粒喔！」

「咦？」

櫻像是嚇了一跳，連忙抬起頭。被搶走發言機會的幸太也轉過頭，就連堇也回頭說道：

「我也是狩野。」

「咦？若宮同學？你在這裡幹嘛？」

「籃球社的練習！教練正好叫我們跑步。我才想問妳在這裡幹嘛？」
「這是學生會的活動。」
「吃便當也是？」
「不行嗎～～？我們正在集訓。」
「咦？真的假的？我現在也在集訓。在學校集訓真是遜斃了。」
這是怎麼回事？這傢伙是誰？
幸太似乎渾身的血液瞬間流乾，只能待在原地聽著兩人輕鬆的對話。那個看來和櫻很熟、長得不錯、運動神經發達、有著深褐色頭髮的男子是——
「一年B班的若宮，是籃球社的希望，成績不好。似乎因為和櫻一起上輔導課才變熟。」
在幸太耳邊低語的堇「啪！」闔上神祕的記事本。
「妳、妳知道得真清楚……」
「這是『姊姊筆記本』，裡面清楚記載櫻從出生到現在的所有祕密……」
「我要買！我願意出五萬……不，七萬！」
啊哈哈哈哈！討厭——！耳朵聽著開心的笑聲，幸太找不到自己腦中的計算機。因為櫻甚至走近欄杆，和那個叫什麼若宮的傢伙聊天，對他展現我住院之前享有的燦爛笑容與開朗笑聲，甚至還一邊喊熱一邊脫下運動外套，露出吸滿汗水的T恤。反射盛夏陽光的純白色

T恤閃閃發亮，光芒射入幸太眼裡，似乎也照進若宮的眼裡。只見若宮彷彿看到太過耀眼的東西，忍不住眨了眨眼。櫻撥開黏在濕漉肌膚上的頭髮，正好可以窺見有如牛奶一般白皙的側腹，那裡也因為汗水而閃耀光芒。幸太睜大眼睛，若宮也在這個時候開口：

「狩野！剛剛看到肚子了！」

真多嘴……不對，這種感覺該怎麼說……

「咦？肚子？沒有啊？」

「妳現在手往下當然看不見。如果再一次像剛才那樣舉起手臂……要不要試一下？像剛才那樣……好，舉手——」

「……不要，這樣肚子不就被看到了嗎？」

「啊，被妳發現了？」

一陣討厭的感覺在幸太心裡擴散——那是怎麼樣？那傢伙是誰？現在是怎樣？現在我們可是在集訓！可是在進行學生會的活動！藉口？哪有……

「如果妳也在學校集訓，我們應該還會再見面吧。」

「這個嘛？啊，你看，你不好好跑步，教練生氣了。」

「糟糕，這下慘了。再見囉！」

輕輕舉起手的若宮再度跑向運動場。櫻目送他離開之後，回到大家聚集的地方。在快要和櫻四目相對的前一秒，幸太用力地轉開臉背對她，氣呼呼將飯糰塞進嘴裡，一邊咬著炸雞塊一邊靠近堇：

「接下來是什麼？要做什麼？運動會嗎！」

「都看到你嘴裡的炸雞塊了啦！笨蛋！」

幸太的額頭挨了一記鐵拳，不禁咬到舌頭。

＊＊＊

舞台移到體育館，以北村為中心搭配總務學長與幸太，三人擺出「扇形」姿勢，拚命製造團隊體操的照片。

「在……在體育館就行了嗎？這可是運動會耶？」

「喂！別鬆懈！幸太不要亂晃！我們在這裡就可以了，運動場上還有其他社團正在使用！給我笑！」

笑……這時候閃光燈一閃。

接下來的場面是用信號槍指著天花板，櫻在空無一人的起跑線上擺出等待起跑命令的姿勢。然後是堇與書記學姊兩個人賽跑，畫面拍到兩人幾乎同時抵達終點，最近由堇以一鼻之差獲勝。可是因為兩人都是站著不動，照出來的照片毫無躍動感。

自創舞蹈的照片則是大家互相推讓，最後決定由幸太在額頭纏上長頭帶、T恤下襬綁在隱約露出肚臍的位置、以快要抽筋的姿勢跳躍。

學長姊還稱讚他：「真看不出你到昨天為止都在住院。」這種讚美不聽也罷。櫻在這段時間一直低頭坐在體育館角落，做著某個小道具。

「……好，差不多了。」

拍了幾組假照片，最後一個鏡頭是充滿汗臭的三連拍——三個臭男生無意義地搭著肩、手比出V的勝利手勢、硬是擠出笑容。幸太在逃離兩名二年級學長的悶熱腋下之後，精疲力盡地癱坐在體育館地板。

「啊啊，真是無謂的浪費體力……」

「什麼無謂！這可是神聖的學生會活動。好了，現在幾點了？超過五點啦……差不多該準備晚餐了。」

撥弄頭髮的堇先是看過時鐘，又瞄了櫻一眼。櫻仍舊蹲在角落，把用完的信號槍擺進箱子裡又拿出來，專心做著不明究理的準備工作。在T恤底下原本就相當豐滿的隆起，因為在兩膝中間受到擠壓，這下子膨脹得更加厲害。

「櫻！別再那邊賣弄豐滿，給我過來！我要分派工作。我需要兩個人到公車站牌那邊的便當店買便當，剩下的人留下來做明天入學典禮與畢業典禮要用的櫻花布景。誰要去？」

唔！幸太僵在原地，假裝什麼都沒聽見，只是盯著自己的腳，也不看向櫻，腦袋一片空白。隨便……怎麼樣都行……只要堇下達指示，我遵照指示去做就行了。這樣就好。

「……我去。」

心臟狂跳的幸太依然裝作沒聽見，繼續望著腳下。不用看他也知道聲音的主人是誰。這是怎麼回事？骨折的肋骨陣陣發痛，是剛才的扇子隊形？還是自創舞蹈害的？或是心臟狂跳快要爆裂的關係？

「誰要和她去？我可不去，我最愛做木工了。」

「我也不想和姊姊一起去，我一個人去就行了。五個便當對吧？這樣我還拿得動，再說那間便當店我也去過好幾次。把錢給我。」

大家心裡都應該在想著「如果我去就好了」吧？堇、北村、書記總務兩人組也全都在等著我說「我去！」——幸太感覺到大家擅自看過來的視線而感到渾身刺痛，不過還是沉默不發一語。

既然大家期待我開口，那我就說吧……可是喉嚨卻像黏住一般，發不出聲音。就在他準備咳嗽清清喉嚨之際——

「那麼我走了……咦？若宮同學？」

什麼？幸太聞言抬起頭。小跑步離去的櫻前方，那個深褐色頭髮的傢伙正從體育館旁的社團大樓走出來。到了現在，幸太想做什麼都來不及了。

「喲，狩野，又遇到妳了。妳要去哪裡？」

「買便當。」

「喔，真巧！我也被學長姊們派去跑腿買東西！一起去吧？我剛才還在想，真不想一個人等便當呢。」

後來發生什麼事，我就不知道了。點點頭背對這裡的櫻說了什麼，我也聽不到了。我只知道一件事，就是他們兩人一起親密離去。

怎樣都無所謂了……還是我也該跟著櫻去呢？幸太不曉得自己應該撇過臉視而不見，還是應該追上去，就這樣茫然目送兩人的背影。

＊＊＊

「唉……」

坐在學生會辦公室冰冷的地板上，已經不知道這是第幾百次的嘆息。只不過幸太的右手依然拿著鐵鎚，左手緊握釘子。

「看了就煩……喂！反正你的手指還不太能動，不用你來釘，幫我壓住就可以。」

「唉……」

身穿運動服剛好讓堇能夠張開雙腿，以男子漢的姿勢坐在地上。她俐落地拿釘子將三合板做的花釘在同樣用三合板做的櫻花樹幹上，再將上好顏色的樹枝以及紙做的櫻花擺在箱子裡備用。看樣子似乎很麻煩……雖說這種事現在已經怎樣都好、無所謂了……

「你那是什麼表情啊？真是的……」

堇不耐煩地瞪了幸太一眼，雪白的手還是「叩叩叩叩！」將釘子釘在板子上。

「唉……」

「咿！」

突然傳來與「叩！」不同的聲音，似乎是屏住呼吸的哀號。眼角看到堇抓著自己的大拇指，滾倒在一旁。發生什麼事了？於是幸太轉頭望去——

「哇啊！」

「不是叫你給我好好壓住嗎！」

堇掄起鐵鎚準備揮向幸太，武器正要落下的前一秒，「混蛋！」八成是想起自己的大好將來，於是堇將鐵鎚轉了半圈，用鐵鎚柄敲了幸太的腦袋。

「痛痛痛……」

「我才想喊痛！你看！」

堇豎起因為鐵鎚擦過而出血的大拇指。

「哇啊！好像很痛……咦？這是我造成的嗎？」

「真是受不了……算了，看到你這麼沒力我就懶得罵你。北村，ＯＫ繃！」

「對、對不起……」

幸太一臉尷尬搔著頭，抬頭看向太陽穴爆出青筋的堇。堇一邊讓北村為她俐落包上ＯＫ繃一邊說道：

「我特別讓你有機會去買晚餐，你到底在搞什麼？話說回來櫻也是莫名其妙……」

然後斜眼瞪了幸太一眼。幸太不曉得怎麼反駁，只能逕自回到無趣單調的釘釘子工作，把下巴靠在拱起的膝蓋上。這個工作正適合他現在的心情。

「你又在想『反正我就是天生倒楣鬼』吧？」

「才不是。」

叩叩！幸太沒有抬頭，只是一面繼續不熟的工作，一面回應堇的話：

「我很清楚，笨的人是我……這個和倒不倒楣無關，是我自己造成的。」

聽到幸太低聲的回答，學生會辦公室一片安靜。堇、北村，甚至連書記總務兩人組都以看到什麼東西的眼神凝視幸太。

連旁人都看得出來，做蠢事的人是我自己——再度體認到這一點，幸太更加垂頭喪氣，可是已經沒辦法挽回了。

明明想要拉近和櫻的關係，結果當她真的來到眼前，我自己卻想要轉身逃開。之前完全沒有這種情況，原來的自己只是覺得幸福、只是很喜歡她、只是打心底呼喚櫻、順著真心歡笑，只是如此而已。光是看到她的笑容，就覺得幸福得快爆炸。

她和那個男人說了什麼？幸太沒有這種晦暗的想法。

也沒有覺得鼻子深處一陣刺痛、視線也沒有因為不明原因流出的液體而變得模糊——

「好……痛！」

叩！自己揮下的鐵鎚直接落在大拇指上，幸太和剛才的堇一樣滾倒在地。完全忘了剛復原的雙手還在進行復健，沒辦法像平常一樣動作。

「你……你這個笨蛋！還好嗎？該不會又骨折了？」

「骨、骨頭應該沒事……不過……哇啊！血！」

從指甲與肉的縫隙之中，流出了比堇多三倍的鮮血。堇拿過面紙用力壓住，面紙立刻被鮮血染得通紅。幸太只是不發一語看著一切——我為什麼這麼笨？這股自我厭惡也與鮮血一樣快速填滿他的胸口。

「發什麼呆啊？快去沖水！如果有木頭碎片刺在裡面就糟了！」

北村從腋下扶起幸太讓他站起來，幾乎是用拖的把他帶離學生會辦公室，來到有洗手台的走廊。多虧如此，幸太一瞬間湧出眼睛的丟臉淚水才沒被任何人看見。

＊＊＊

「怎樣？還好嗎？」

「唉……血好像止住了，也沒什麼大傷口……對不起，造成這麼大的騷動。」

「沒事就好，我還以為骨頭也有事，嚇得我一身冷汗。」

雖然用力擠壓血還是會一點一滴滲出來，不過已經不至於流個不停。啾！關上水龍頭的聲音莫名高亢地在無人的走廊上響起。

可是幸太沒有心情回學生會辦公室，就這麼站在原地。北村沒有開口責罵，只是陪著他在洗手台坐下。

「到底怎麼回事？你怎麼完全不和狩野學妹說話？你們兩個今天的樣子都很奇怪。」

幸太一時之間說不出話來，不過還是張開嘴巴：

「那個……」

情況演變到現在，已經比剛到學校遇到全裸的北村時更加惡化了。當時沒說出口的話，此刻在喉嚨深處凝聚在一起，卡在幸太的胸口。

現在一定要把這些話說出口！事到如今還不說，恐怕一輩子都會卡在喉嚨裡。我不期待眼前的北村能夠幫我，可是這件事似乎只能對北村說。幸太先是東摸西摸才開口說道：

「我……我自己也不知道為什麼變成這樣……久別重逢，所以一開始八成是因為緊張，所以才會假裝沒看見她，事實上我的心裡一直想著小櫻。我很在意她、不斷悄悄偷看她，可是總覺得……總覺得……也不知道怎麼搞的，就變成……現在這副德性。」

幸太學著北村在他身旁坐下，無精打采地塌下肩膀。餘光射進走廊的夕陽已經西下，在變暗的走廊地板上，看不見他們的影子。就像籠罩在一層半透明的藍色窗簾裡，兩個男人之間沒有什麼對話，只是各自凝視自己的指尖。

「你們本來不是很順利嗎？」

「我也這麼認為。可是住院之後一直見不到面……美好的氣氛中斷之後，我就不記得我的心是怎麼產生那股感覺……就像水分蒸發，兩人的關係只剩下乾燥的黏稠感……總之我就是沒辦法自然和她相處，沒辦法順從心意行動。我和學長不同，我是個膽小鬼。」

「我也是膽小鬼。」

北村用中指推了一下眼鏡，縮起肩膀，完全不像他該有的模樣。

「我從來就沒辦法順從心意行動。升上二年級之後的舉動也不自然，總覺得自己一直在扮演好學弟、好左右手、好副會長。現在想想似乎也有『氣氛不錯』，只是已經錯過了。」

「學長，你喜歡會長嗎？」

北村沒有回答幸太的問題。過了一會兒，他才老氣橫秋地站起來：

「走吧，還有很多事要做。手指如果沒事，就回去繼續工作吧。」

他對幸太露出笑容，一邊往回走一邊從口袋裡拿出布景完成圖的草稿，低聲自言自語：

「還剩下旁邊的櫻花，還有兩個典禮的貼紙。」

等一下要做的典禮貼紙，似乎要擺上「畢業生代表・狩野堇」幾個大字。實際情況也會是這樣吧？北村盯著那幾個字，然後慢慢摺起那張草稿收進口袋：

「幸太，趁著她還在你的手搆得到的地方，趕快做你該做的事。就算再笨、就算失敗、就算丟臉也好，所有能做的事都要去做。否則等她離開之後就太遲了。」

這些我都懂。

我都懂……但是……

幸太的視線不知不覺看向窗外，正好看見走回校舍的櫻。她和抱著沉重寶特瓶的若宮同學說了什麼之後道別，兩手拎著便當走向這邊。柔軟的頭髮不停飄動，臉上帶著莫名認真的神情。

幸太不敢上去歡迎她回來。北村說的話，幸太很清楚——等她離開之後就太遲了——可是我還是沒辦法站在她面前。一定……應該還沒關係。幸太悄悄看了北村，北村注意到櫻回來了，也發現幸太沒打算迎上前去，只是嘴角浮起一抹微笑，輕輕挑起一邊眉毛，似乎在問：「這樣好嗎？」

這個時候，幸太腦中突然想起住院時不斷重複作的那個夢。

「幸太同學，加油！」帶著笑容的櫻很有精神地跳躍，鼓勵感到疼痛的幸太，她就站在隱約聞得到身上甜美氣息的地方。幸太也開心地伸出手，可是每到這裡櫻就會消失。

一定搆得到！一定摸得到！幸太總是這麼想，然而在現實生活的夜裡，他的手臂卻因為骨折動彈不得。

＊＊＊

打開櫻買回來的便當之前，不知道為什麼所有學生會成員全都換上制服。

「喂，幸太別發呆了，快點換上這個，拿著這個。大家都換好了嗎？」

嗯？一回過神，幸太這才發現自己正穿著自己帶來的圍裙，手裡捧著便當。

「好，笑一個！一起來──『歡迎光臨！』」

「歡迎光臨……什麼啊……」

幸太和堇站在一起拍張照。

「這……這次又是什麼？」

「別管那麼多，笑就對了！我們可是服務業喔！我們現在不是學生會，是『便當店』！嘿！海苔便當一個！」

堇和幸太一樣穿著圍裙，頭上還綁著三角巾，笑著將便當遞給北村——快門再度捕捉這個瞬間。

「這、該不會是校慶吧……？」

「你說對了！看這個！」

注意一看，幸太和堇身後的牆壁貼了一張寫有「賀．校慶」字樣的海報……其實只是一張紙。而且無論怎麼看，背景都是平常的學生會辦公室。

「原來我們校慶那天賣便當啊……？」

「怎麼可能賣便當！我們是主辦單位，一整天都要負責管理、監視和警衛！」

「那為什麼要拍這些照片……？」

「只拍些警衛的畫面太無趣了！」

「可以穿夏季制服嗎……？」

「你少囉嗦，快點笑！」

幸太的眼睛避著閃光燈，以虛偽的親切微笑假裝在賣便當。櫻背對著他默默排列買來的罐裝果汁、擦桌子，削瘦的肩膀看來似乎比平常更單薄。幸太光是看著她的模樣，就感覺胸口一陣痛。

最後幸太還是沒能和她說話，就這樣什麼也沒說、什麼也沒問，逕自將負面情緒堆在心底。她和若宮同學去買東西的這段時間裡，兩個人說了什麼？是不是一起說我的壞話……怎麼可能會有這種蠢事，不過還是忍不住這麼想。明知道櫻絕不可能做這種事……

「很好——！校慶結束！趁著便當還沒冷掉趕快吃吧！我要漢堡排便當，哪一個是漢堡排便當？這個嗎？」

「漢堡排便當在這邊。我要吃什麼呢？我不要海苔便當，西式的比較好。」

「啊，我要這個。」

「那個是什麼？燒肉嗎？北村同學拿的是綜合天婦羅？借我看借我看！啊——好想和你交換喔！」

幸太沒和學長姊一起搶便當，只是隨手將眼前的便當拿過來。打開蓋子，才發現是沒人要的海苔便當。既不喜歡也不討厭，隨便了。幸太拿起免洗筷，無意識地分給學長姊。

「咦？」

手中剩下兩雙筷子，回過神來才發現櫻不見了，袋子裡還剩下一個便當。

「好！那麼大家開……」

「會長，等一下！小櫻不見了！」

「咦？應該去洗手吧？開動——！快吃快吃！」

開動——！其他人跟著附和，打開便當蓋。在一旁看著大家的幸太卻在此時放下筷子，旁邊的北村和對面的總務學長也將便當蓋上。

「我、我們不是在集訓嗎？應該等全員到齊才能開動吧？該怎麼說……學生會不是應該要團結嗎！」

「……關我屁事。」

堇無視幸太，大口咬下漢堡排。

「啊——！妳吃了！」

「這是我的便當，我想什麼時候吃就什麼時候吃。」

「這、這是學生會長應該說的話嗎？妳一點也不擔心嗎！」

「一點也不擔心。反正等一下就會回來了，又不是小孩子。我想她也不可能離開學校，應該是……就是這樣吧。」

「什麼？妳要說什麼？」

堇自顧自地大口吃便當，一個人點了點頭，然後瞥了幸太一眼：

「你真的很遲鈍，難道還不明白嗎？你被甩了。」

「咦？」

「從便當店回來的路上，櫻找若宮商量你曖昧不明的態度，於是喜歡櫻的若宮就趁這個機會……其他應該不用我說吧？」

嗯嗯，我懂我懂——書記學姊也跟著點頭。總務學長一邊吃下便當裡的馬鈴薯沙拉，一邊低聲說道：

「『妳偷溜出來，我陪妳聊聊，一起想辦法』……之類的。」

沒錯沒錯——堇也點頭同意。北村也跟著點頭，拍了一下幸太的肩膀：

「我不是和你說過嗎？算了，這也是沒有辦法的，今天晚上我會好好聽你說的……來，打開便當吧。」

「怎……」

怎麼可能——發不出聲音的幸太不停發抖，起身一步一步往後退，就連把自己的椅子撞弄倒也沒有發現。

怎麼可能會有這種事？

櫻不會做出這種事、不會立刻勾搭上其他男生的。

無論我多冷淡、多壞心、老是沉默不語，她也不會喜歡突然現身的開朗陽光型男——對方又喜歡櫻，兩人還聊得很開心……

搞不好她真的喜歡對方。

搞不好。

幸太的腦袋因為過度想像而一片空白，白的有如北極圈的冰風暴、彷彿跨越隆冬的永凍土、好像沒有春天、夏天、秋天，永無止盡的暴風雪。

如果失去櫻、失去春之女神，幸太就會活不下去，只能活在倒楣純度一〇〇%，永遠孤獨的死亡季節裡。

「……」

哇啊哇啊哇啊——幸太的唇顫抖不已，發不出聲音的他再度後退，撞開背後的門，順勢摔在走廊上。

踏出搖晃的一步，再踏出蹣跚的兩步。

還來得及嗎？不曉得。

我的手還搆得到嗎？不知道。

可是非去不可！太晚反應過來的笨蛋以身體快要燃燒變成火球的速度狂奔而去。

＊＊＊

「終於行動了，這個笨蛋……這麼一來，我的任務就結束了……啐！真是無聊。」

聽著幸太氣勢驚人、愈來愈遠的腳步聲，堇露出真是受不了的笑容，然後打開幸太的便當蓋：

「這是害我們擔心的處罰。沒收你的炸竹輪。」

「是啊。炸牛蒡也沒收。」

「海苔飯也沒收一點。」

「嗯嗯，沒收。啊，還滿好吃的。」

「咦？哪個好吃……啊，真的。」

「嗯，搞不好海苔便當才是最正確的選擇。」

哈哈哈！運氣真好！學長姊的筷子繼續往倒楣男的便當伸去。

3

「小櫻——！」

幸太一面奔跑一面用力大喊，不在乎把喉嚨喊啞。

暑假的校舍靜悄悄，外面已經黑了，走廊上沒有開燈，只有出口警示燈還亮著，可以聽到幸太笨拙的腳步聲獨自迴響。

「小櫻……對不起——！對不起——！」

對不起……真的對不起。

幸太忘我地奔下樓梯，在走廊上繼續奔跑。櫻究竟在哪裡？幸太沒有半點頭緒，只能像這樣在學校裡亂跑、來回搜尋。

真像個笨蛋，即使如此還是要找——這是幸太內心的想法。為什麼我不早點呼喚她的名字？為什麼我沒有早點變得坦率？

緊張、在意、害羞、鬧彆扭——這樣的戀愛未免太過笨拙。現在已經到了不知道如何處理，因此即將面臨失去、結束的關鍵時刻。

只有一點不能忘記，無論這是多麼糟糕的戀愛，唯獨這點無論如何也不能忘記——即使嘴巴說不出「我喜歡妳」，臉上沒有寫著「我喜歡妳」，喜歡的心意還是在我心裡，讓我想要用盡全力呼喊，我不能假裝沒看見，不能對自己撒謊。

我發誓，我不會再做出那種事了——幸太踏著油氈地板，骨折的肋骨像是受到拉扯一般疼痛，可是他沒有因此停下腳步。

為了櫻，也為了自己，再也沒人能夠阻止幸太順從自己的心意奔走。

「啊啊啊啊！」

沙沙！一群毛茸茸的蓬鬆物體冷不防地穿過幸太腳下。這究竟是什麼？幸太雖然想要看個清楚，可是周圍實在太暗。

「啊、啊、啊！」

差點踏到的前一秒，幸太一個筋斗狠狠撞上牆壁，跌倒在地，背上也被許多小型四腳動物「咚咚咚咚！」踏過。

「這——這是什麼！」

「兔子！我們的兔子！拜託別踩到牠們！」

「快把牠們抓起來！籠子打翻了，結果小兔子就跑了——！」

「哇啊！」

幸太正打算起身，兩名學生踏過他的身體，讓他再度趴在走廊上。遭遇這麼不合理的意外實在倒楣，可是不死心的幸太還是爬起來說道：

「為、為什麼兔子會在暑假逃跑！」

「喔喔、是學生會的人！生物社十二名社員正在集訓！已經提出申請，今天晚上請多指教！話說回來，你如果有空就幫我們一起抓兔子！」

砰！

可憐的幸太又被另一個人撞開，飛向牆邊。我這個樣子看來像是有空嗎？你的眼睛該去檢查一下了。可惡的生物社，給我記住，總有一天也要讓你們嘗嘗不幸的滋味。幸太再次扶著牆壁起身：

「我——我不會認輸的！」

繼續往前奔跑。腳步雖然搖搖晃晃，還是沒有遲疑地向前跑。他再度奔下樓梯：

「小櫻——！回答我——！我、我想向妳道歉——！」

幸太用力大喊，抓住柱子一個迴轉，以簡潔的動作滑進走廊。走廊雖然一片昏暗，幸太沒有絲毫猶豫，想著櫻的心情有如指標，無論平常還是現在，不停為幸太指引心的方向。

可是就在這時候。

全速運轉的雙腳突然一滑，身體飛向空中，幸太發現自己即將跌倒，於是閉上眼睛準備迎接撞擊。

「啊啊啊啊啊啊——！」

幸太的身體以難看的仰臥姿勢，以保齡球一般驚人的氣勢在滑溜的走廊上滑行，最後撞上黑暗牆邊堆得高高的東西，擊出一個全倒。

「痛……好臭！」

代替保齡球瓶倒下的東西到底是什麼？散發著猛烈油臭味的液體從頭頂淋向全身，最後還有奇怪的罐子砸在頭上。

「呀啊——！對、對不起——！」

一個身穿圍裙的女孩子打開燈，鐵青著臉奔出教室。幸太低頭看看自己的樣子，真不知道該說什麼才好——油膩的臉龐、摸著臉的手、還有身上的制服上都被鮮豔的藍色和黃色弄得黏答答。

「油滴在走廊上，我正想去拿抹布來擦，結果就聽到一聲巨響～～！」

坐在地上的幸太身邊有個畫架和油畫，畫面似乎是校舍外面的夜景。

「拜……拜託妳離開座位也要把東西收好吧！」

「啊！是學生會的人！美術社的九名社員從前天開始，為準備展覽正在集訓！」

「關我屁事！可惡，妳給我倒大楣！」

幸太的手指向無罪的女孩，女孩忍不住大叫：「過分～～！」幸太充耳不聞站起來，帶著滿身的油與黏稠的油畫顏料，繼續向前奔跑。

在見到櫻之前，我不會停下腳步。

在伸出去的手碰到她之前，我不會放棄奔跑。

這次絕對不會再錯過，我已經決定了——幸太撥開滿是油臭味的頭髮，重新振作起來，一股作氣跑出去。什麼兔子、什麼油畫顏料，這種東西不算不幸，真正的不幸是失去櫻。只要有櫻，無論發生什麼事，我都會很開心。

為了有個開心的結局而拚命衝刺，怎麼可能會不幸。

「小櫻──────！」

在漫長的走廊上奔跑，摔倒時弄痛的關節，發出可憐兮兮的喀喀聲響，可是幸太不放在心上，繼續向前跑。

幸太感覺此刻那個討人厭的籃球男正在對櫻伸出觸手……不對，是食指。那傢伙長得一副好色的模樣，又輕浮、又愚蠢、又隨便……

「剛才是不是有人在喊『小櫻』？」

「嗯，我也有聽到。」

對，就和現在迎面而來的傢伙長得很像……

「啊──────！」

「咦？我、我？我不是！我是若宮京太郎！」

籃球男走近幸太眼前，他正和籃球社的其他人一起搬著一籃沉重的籃球。幸太不顧一切衝上前去：

「喂！你！剛才是不是和小櫻在一起！」

「你、你這副模樣是怎麼回事！」

「回答我！」

「小櫻……？你是指狩野同學？沒有，我們社團剛才都在練球——啊！對了，你是學生會的嘛！我們籃球社會集訓到後天，請多指教！」

「不要！誰管你們啊！就算提出申請單我也會把單子捏爛！」

「咦？幹嘛這樣啊？太過分了啦！」

「誰教你要接近小櫻！不准接近她！滾遠一點！我……我最喜歡小櫻了！」

喔喔……籃球社的社員發出一陣低吟，還有人輕輕拍手鼓掌，不過現在不是感覺丟臉的時候，我絕不退縮！絕不服輸！

「嗯——？」

籃球男若宮京太郎以意味深長的視線瞪著幸太，幸太也用更凶狠的眼神瞪回去——怎麼可能輸給你！我可是傳說中的大哥——狩野菫的直屬部下！還兩度與掌中老虎對峙！和猛獸女相比，你這個籃球男根本只是微不足道的小角色！

「這麼說來，我也喜歡狩野同學，我才不會輸給你！」

「哇啊！」

雖說籃球男是個小角色，卻也是卑鄙的角色。他將手裡裝著籃球的籃子用力砸向幸太，幸太的臉也遭到迎面而來的籃球洗禮。

「啊、啊、啊啊啊啊啊——————！」

「哇哈！上吧上吧！活該！」

幸太連同幾十顆籃球一同滾動，有如雪崩一般滾下樓梯。他雖然滾落樓梯，卻沒有因此保持沉默，而是出聲反擊：

「反正等一下要收拾的人是你——————！」

其他籃球社員看著滾下樓的幸太和籃球，紛紛出聲：「這麼說來也對，笨蛋宮。」「我可不管你。」唔！蠢宮京太郎頓時啞口無言。

滾下樓梯的幸太一個後翻，漂亮地站起身，奇蹟似的毫髮無傷。雖然多少有點痛……不過大致上毫髮無傷！生下幸太的雙親也稱讚他「耐命」不是沒道理的。

櫻沒和這傢伙在一起，那到底跑到哪裡去了？不死心的幸太再度奔跑，拚命察看四面八方——空教室、女廁所、樓梯角落、走廊，然後深吸一口氣，連同滿腔愛意一起大吼：

「小、櫻——————！」

無論幾次我都要呼喊她的名字，直到找到她為止，直到再度見面為止。無論遭遇什麼麻煩，我都會發揮我的耐命與韌性繼續奔跑。

幸太終於找到了。

在一樓走廊的窗外，可以看到位於運動場燈光照射下的夜晚游泳池畔。

她坐在其中一個跳水台上，縮起小小的肩膀。

幸太打開窗戶，不顧骨折剛痊癒的右手腕發出喀吱響聲，從窗子跳到外面，越過樹叢在乾燥的游泳池邊奔跑。

「小櫻！」

「咦？唔！呀啊啊啊——————！」

聽見背後傳來的叫聲，轉過頭的櫻不禁翻白眼發出慘叫。

「哇、哇、哇啊！」

櫻向失去平衡的幸太伸出手，用雪白的手抓住幸太，將他拉到自己身邊。幸太跌倒在游泳池畔，兩人靠在一起滾落地面，不過至少沒摔進游泳池。

「太……太好了……！我一直在找妳，小櫻！」

「幸、幸太……呀啊啊啊啊啊啊啊！」

抬起頭的櫻仔細看了幸太的模樣，又是一陣慘叫：

「你這是怎麼回事怎麼回事怎麼回事？怎麼一身綠色？」

「不重要！一身綠色也無所謂！我怎麼樣都無所謂！不重要——對……」

幸太瞬間語塞，低著頭用力咬住下嘴唇才抬起頭來。眼前的景象太過耀眼奪目，讓他不禁想要避開視線。他和比顏料色彩鮮豔千倍的眩目女孩四目相交，在夜晚的黑暗裡呈現灰色的肌膚、反射燈光閃爍搖曳的眼瞳、散發熱氣的微張柔軟嘴唇。

這一切都教幸太害怕不已，可是——

「對不起！真是對不起……今天我的態度一直很奇怪，對不起！」

害怕是因為太過喜歡，甚至超過一般程度。正因為非常喜歡，所以才會變得奇怪，才會用沒出息的羞怯表情看著櫻，想要傳達什麼。

「我不知道……自己該怎麼做才好！」

幸太的右手用力伸向前方。

「因為我喜歡小櫻！」

左手也用力靠在身旁。

「明明喜歡妳，可是一旦開不了口，接下來也無法開口！」

並且用力抬頭仰望天空。

「我太過在意！太過緊張！痛苦、難過、對一切感到丟臉……還有！喜歡妳、喜歡妳、喜歡妳！」

身體因為緊張而僵硬，眼睛應該也閉上，他搞不清楚自己是在叫還是在哭，不知道臉上是淚水、汗水，還是鼻水，總之幸太面對前方發出沙啞的聲音，下巴對著櫻說道：

「我已經……不能呼吸……！」

這就是幸太的臨終……不，是最後的話。他的喉嚨、體力、精神都已經到了極限，留下近乎遺言的告白之後，幸太便搖晃身體躺下。可是一個聲音拯救了他：

「不……不是的——！」

櫻的聲音帶著淚，她伸出僵硬的左手，握住幸太的右手。

「不是的，幸太同學！該道歉的人是我！」

顫抖的右手用力一轉，抓住幸太的左手。櫻就這麼握著幸太的雙手不停搖晃：

「都怪我莫名其妙吃醋！剛開始是『為什麼你只和姊姊說話？』再來是因為『只有姊姊和幸太的媽媽要好，根本就像你的女朋友嘛！』」

喉嚨發出哽咽的聲音，櫻一邊啜泣一邊向前傾，結果額頭撞到幸太的下巴。

「痛！」

「痛！」

咚！一聲撞擊，兩人同時往後仰。櫻趕緊跳起來：

「幸太同學……對不起～！」

「唔！」

櫻撲在原本準備起身的幸太身上，緊緊抱住跨越許多苦難的肋骨，用全身重量壓在幸太身上。柔軟的身體將幸太推倒，洗髮精的甜美花香撲鼻而來。

「小櫻……！」

同時體會疼痛與溫暖的恍惚觸感，幸太的身體忍不住掙扎。

「嗚——！」

櫻把頭靠在滿身顏料的幸太胸口哭著說道：

「為、為什麼不能和平常一樣……我……好難過……！明明這麼喜歡你……可是愈喜歡就愈無法……坦率，反而變得討人厭……我不要這樣，我不要這樣！」

「我也是！明明喜歡妳……我不要這樣！啊啊！」

「我也喜歡你！我也不要這樣！嗚～！」

兩人吵吵鬧鬧說出自己的想法，突然陷入沉默。一個想法同時閃過兩人心裡。

明明喜歡對方卻過得這麼痛苦，都是因為沒有坦率說出彼此的心意。

都是盡力壓抑的關係。

如果能夠盡情說出想說的話，一定不會這麼痛苦。

既然這樣……那麼……

「幸太同學，那個、那個……如果可以……」

櫻抬起沾滿淚水與顏料的臉，眼裡閃著光芒。在她的唇要說出下一句話之前，幸太連忙說出自己才聽得懂的話……

「燈！」

「燈？什麼燈？」

「不是！我是說妳先等一下！」

幸太想要自己開口。過去這段日子裡，每當遇上什麼危機，總是櫻在拯救幸太。只有櫻才會每次為了幸太伸出援手。

所以至少這種事要讓我來。

至少結束——不，是開始應該由我開口。

「請妳和我交往。」

幸太用仰臥起坐的訣竅讓櫻抬起頭來。即使他還在不停顫抖，還是直直望著櫻的眼睛……

「狩野櫻，我喜歡妳。請妳當我的女朋友，永遠待在我身旁。」

「幸……」

「我不知道自己會害妳被捲入什麼樣的倒楣事裡……啊！如果真的發生就抱歉了！對不起！麻煩妳記得要保險喔，小櫻！」

「笨……」

寶石一般的淚水從櫻睜大的眼角滑落，滑過臉頰鼓起的笑容，有如星塵一閃即逝……

「笨蛋，真是的……為什麼還不懂？」

櫻的臉上透著粉紅，有如在春風吹拂之下，鮮豔櫻花盛開的瞬間。臉上的表情比誰都還要開心。

「我比任何人都要喜歡富家幸太……只要能夠和幸太同學在一起，不論什麼時候都很幸福。無論什麼時候、不管什麼情況……幸太同學，就是我的幸福。」

快點讓我當你的女朋友——在星空底下隱約聽到這句話的幸太緊緊抱住櫻，心中有一個問題，但是最後還是決定不開口，因為不用問也無所謂了。

「為什麼妳會喜歡這樣的我？」——這個問題已經沒有意義。

因為我明白，我很清楚是什麼原因。

避也避不掉的不幸有如狂風豪雨不斷侵襲我的人生，因此我自稱「天生倒楣鬼」，總是倒楣的經歷也讓我自暴自棄。可是不是有人說過：「人生的幸福與不幸是等量的。」

我一直認為自己是個例外，不過現在看來，這句話果然是真的。

看好了，全世界的各位，人的幸福與不幸果然是等量的！幸太的人生注定要遇上名為櫻的女孩，因為這是如此值得高興的事，所以幸太的人生才會有許多與之抗衡的不幸。

未來的路上一定也有眾多苦難在等著我，因為櫻就是這麼好的女孩，簡直可以說是「快樂女王」。

可是如果要犧牲櫻，讓他免除這些苦難，幸太寧可笑著承受。只要有櫻陪在身邊，無論什麼疼痛與不幸，都能立刻變成心型的戀愛碎片。

飛舞。

降臨。

在春天風暴的吹襲之下，粉紅色的心型花瓣變成比什麼都快樂的龍捲風，與幸太一同捲向遙遠的天邊，永不停歇。以女王的魔法化身得意忘形的傢伙，無論在哪裡、無論是什麼時候都在不停舞動。

「我最喜歡妳。」

「我最喜歡你。」

兩個人說出一模一樣的話，讓幸太明白另外一點。

與喜歡的人在一起，就會想要更靠近；靠近接觸之後，就會更加強烈被對方吸引；被對方吸引而用盡全力抱緊對方之後，人自然而然就會把嘴唇緊緊靠在一起。

這不是需要翻山越嶺才能達成的特殊任務，人這種動物天生就懂得如何談戀愛，那麼理所當然——為了互相疼愛，兩人會用比手指更柔軟的部分接觸。

啾！兩人發出孩子氣的聲響，分開之後再來一次。像在確認發生的事，於是試著去了解那種柔軟，終於知道接觸部分快要溶化的觸感，以及微甜的滋味。

幸太真的感到害怕。他知道手中的生物如此柔軟、纖細、脆弱到只要用力就能夠隨心所欲，而且比起破壞，他更想好好保護她。幸太緩緩放鬆手的力量——高中一年級果然還是小孩子——舔了濕潤的嘴唇。

「嗯……」

「哈……」

兩人稍微拉開距離，露出害羞的笑容，手牽著手，依循想法彼此撫摸、手指相互交纏，每個呼吸都滲入喜歡的心意，每次眨眼都在訴說愛情的話語。

「我們回去吧。會長他們一定很擔心。」

「呵呵……我肚子餓了。」

兩人正要起身，耳朵隱約聽到……非常討厭的笑聲。

「哈哈哈哈哈！痛痛痛痛痛！哇哈哈哈哈哈！」

不會吧？

幸太戰戰兢兢轉過頭，差一點摔倒在地——為什麼在這個時候，那個人會以這副模樣出現在這裡？

「幸太對不起，真是對不起……話說回來，為什麼你一身綠？還有狩野學妹也是。」

「晚上的游泳池看來有點恐怖。」

「咦？你們兩個在這裡做什麼？」

出現的人當然是包括堇在內的學生會成員。所有人都穿上泳裝，不明究理地以一副準備萬全的模樣在游泳池畔集合。

「這……這、這是怎麼回事……？」

「啊哈哈哈哈哈！」

「唔……好重的酒味……酒？不會吧！」

莫名狂笑的堇居然散發陣陣酒臭，厚臉皮地擠進幸太與櫻之間。她的身上穿著貼身的黑色競賽泳裝，更加突顯不像高中生的魅惑身材曲線。

「啊！哈！喂～你們幾個在幹什麼～～？嘿嘿嘿嘿嘿嘿！」

「姊姊……胯下！胯下！」

就連妹妹也不趕直視堇張開的胯下。堇就靠在櫻的身上撒嬌，幸福地閉上眼睛。

「這是怎麼回事！北村學長，在學校裡面喝酒不好吧？」

「是啊是啊！啊——姊姊壞掉了！」

「這都要怪狩野學妹。」

北村結實的裸體也穿上競賽泳褲，以一臉認真的表情指著櫻：

「妳說買回來的果汁放在桌上，於是會長一口氣就喝掉一罐，結果就變成現在這副德性，還一邊脫衣服一邊說：『接下來拍游泳大會的照片！』剝光我們的衣服，無法抵抗的我們就變成現在這個樣子。」

仔細一看可以發現北村的眼鏡鏡架彎曲傾斜，至於視線前方的堇不但身著泳裝在地上滾動，還把頭鑽進妹妹的胯下，看起來很開心。

「唔？不會吧？那是酒嗎！」

「是啊，罐裝水果酒……妳沒注意嗎？」

櫻和幸太四目相對，繼續看著發酒瘋的堇。可是才一罐水果酒就讓她醉成這樣……這是在蛇之後，又一次發現最強人類狩野堇的弱點。

「嘿嘿嘿……照片……照片～！拍照片～！北村！快點動手～！」

堇放聲狂笑，雙腿張開的程度已經不適合入鏡，還用腳擺出V的勝利姿勢。「唉。」紳士北村只能轉過臉。幸太一邊心想「乾脆拍下這副模樣，讓她留名青史」一邊盯著學生會長的胯下。

「真拿她沒辦法……總之我們就蒙混過去吧？」

「說得也是。」

書記學姊和總務學長也靜靜滑入水中。

「喔喔……這樣或許挺好玩的。」

「水面一片黑，這種感覺真是不可思議。」

「咦？真的嗎？」

北村也跟在他們後面，二年級三人組一起潛入水中。

「噗哈！啊哈哈！潛進水裡才發現底下滿亮的！」

「嗯嗯！」

二年級三人組相視而笑，幸太也在這時拿起相機按下快門。

「啊！等等等等！讓我們擺個姿勢！」

「不不不，自然一點比較好。」

「不行不行不行，我們的實力可不只這樣。作戰會議！」

三人組靠在一起，鬼鬼祟祟不知道在商量什麼，好不容易總算──「好，就這麼辦！」

於是三個人中間隔著相等距離排成一列。

「幸太，你可要好好拍！讓你瞧瞧二年級三人組的真本事！開始囉，書記和總務！」

「喔！」

「預備──！」

三人一起潛入游泳池，沉默了幾秒，拿著相機的幸太忍不住屏息凝神。

「……！」

唰！水花四濺的瞬間，幸太忍不住笑了出來，可是也不忘拚死拍下奇蹟的一刻。

書記學姊坐在兩名男生的肩上大跳水上芭蕾，一面轉動樸素的辮子一面像火箭一樣從水面飛出。不用說，他們立刻失去平衡，通通跌進水裡面。

「噗哈！有拍到嗎？富家學弟！」

「有沒有拍到啊？這可是我們的終極武器．三角鐵！」

「拍、拍到了！啊哈哈哈哈哈哈！」

為什麼要笑……二年級學長姊似乎很不滿。因為真的很奇怪，實在怪不得別人。平日總是刻苦耐勞、認真、完全沒有吐槽餘地的學長姊，今天竟然會這麼蠢！

「很好——！北村，第二招！」

「喔！來吧來吧！接下來要動感一點！」

「我乾脆倒立好了！」

就在他們一臉認真再次進行作戰會議時，幸太也幫他們拍了一張。手因為笑個不停的關係，也許有點抖，不過幸太無論如何都想保留這個畫面。

「喂！偶們也要拍！」

「啊！」

幸太的手臂被人一拉，反而變成在拍狩野兄妹——其中一個是幸太最重要的女朋友……

反正不會是那個大哥。

「對、對不起……唉呀，姊姊……」

「沒關係沒關係，小櫻也笑一下！」

「我可以不要笑嗎？」

「會長隨便。哇啊！櫻好可愛！對對，就是這個姿勢！啊，會長，請站旁邊一點。」

幸太一邊傻笑，一邊對著櫻調整焦距。就在這時——

「嘿——！」

「啊啊啊！」

堇抱住個子嬌小、身上穿著制服的妹妹，直接跳入夜晚的游泳池。幸太不禁嚇了一跳：

「小櫻？妳沒事吧！」

啵囉啵囉——水面冒出水泡。

「啊哈哈哈哈！來啊，快拍快拍～！」

「咳咳！呀啊——！姊姊這個笨蛋——！」

幸太手中的相機差點掉落。堇喊著快拍快拍，還從渾身濕淋淋，穿著制服的妹妹背後，高高拉起她的雙手。現在雖然是晚上，可是濕透的襯衫底下依然可以清楚看見粉紅色胸罩，還有膨脹隆起的胸型也是極為明顯，就連裙子都在水中漂動。

「會……會長真是大笨蛋——————！」

幸太用力大喊。至少……至少也要再多保持幾秒這個姿勢讓我拍照……不是！

「唉呀唉呀唉呀！」

快要哭出來的櫻攀上游泳池畔，書記學姊趕緊拿來大毛巾將她包住。雖然只有一瞬間，不過幸太還是沒漏掉在掀起的裙子底下，包裹在粉紅色布料裡的渾圓部位。

這股興奮到底應該如何表現？這股欣喜、這股蠢動的詭異、這股開心——這樣嗎？

「好！小櫻，相機交給妳！我也要上了！」

「幸、幸太同學！你想做什麼？」

幸太脫下鞋子，爬上跳水台，高舉雙手大喊一聲：「慶祝出院！」激突吧！我的乳頭！

「穿著衣服游泳！」

毫不猶豫地大步一跳，躍起驚人的高度飛向夜晚的天空，順勢以臉部落水，先是下沉之後才緩緩往上浮。

「快拍快拍！哇啊！沉、沉下去了！」

堇手指著幸太大笑。眼前的幸太因為襯衫吸水所以限制了動作，不過他還是想辦法划水。其實游泳可是他的強項，因為父母親希望他將來遇到船難或溺水也能夠安然度過，所以很早就送他去上游泳課。

「喔喔！幸太同學好帥！」

「真的？」

「太棒了！要拍了要拍了，要拍囉！」

全身濕透的櫻像是剛洗完澡一般披著大毛巾，準備按下快門。

「那麼……我就是潛伏在游泳池裡的水鬼。」

「咕嚕咕嚕……」

堇抓住幸太的腳。幸太沉下去時還聽見櫻的尖叫，以及學長姊開心的歡笑，他心裡不禁想著——救命啊！

＊＊＊

大家鬧了一陣子之後。

幸太脫下濕透的襯衫擰乾，看到擰出綠色的水，幸太度嚇得退後幾步，他沒想到竟然這麼綠……顏料明明是黃色和藍色。二年級三人組隨意在寬廣的泳池裡游來游去；堇的酒醉還沒醒，不過依然以仰式浮在水上。

「……我們也想換泳裝。」

「難得都帶來了。」

幸太與批著大毛巾的櫻並肩坐在池畔，四目交會雖然有點害羞，不過已經不再害怕。

「小櫻，改天我們去游泳吧？」

「嗯！」

為了不讓人看見，兩個人輕輕把指尖靠在一起，讓約定增添戀愛的熱度。

「對了！」

漂在水面的菫突然大叫出聲。或許是口齒不清的關係，一時聽來有點孩子氣。

「我都忘了……要寫在紀念冊裡的『將來的夢想』，你們想好了嗎？」

「啊啊，這麼說來去年的紀念冊上也有寫。那個也是每年的慣例嗎？」

「是啊——你呢，幸太？」

「咦？我、我嗎……」

突然被菫一問，幸太不禁偏著頭。要當律師還是警察呢？我有很多想法，但是——

「嗯——我還沒決定要念文組還是理組……再說只要能夠活下去，我就覺得賺到了……」

「嗯。『活下去』啊……真是實際……」

「沒辦法啊。」

「嗯，很有幸太的風格……櫻呢？」

聽到姊姊的聲音，櫻浸在游泳池裡的腳踢了幾下水，然後乾脆說道：

「我要當廚師。」

無所顧忌、勇往直前的聲音。她的手繼續和幸太的手握在一起，踢起的水花閃閃發光。

「有人稱讚我的料理，那是我第一次對自己有自信，所以……我要珍惜這個夢想。」

「這樣啊……」

比起學生會長的身分，堇的聲音裡多了一份姊姊的微笑。她的手划了一下水，用仰式緩緩漂在水面，看著夜空的眼睛也跟著閉上。幸太懷抱滲入胸口的溫暖，心裡想著要和櫻一起，盡一輩子的力量守護她的夢想。

「書記和總務，你們呢？」

「我已經確定了。我家是開醫院的，所以我要繼承家業，當個婦產科醫生。」

「喔喔，真是不錯的夢想。那麼以後我的孩子就麻煩你了！書記呢？」

「我嗎……嗯，還不是很確定……目前的我想當音樂家，這是我的興趣。而且我現在也有參加樂團……」

「咦？第一次聽說！」

「今年才好不容易開始活動……我是擔任主唱……真是不好意思……」

「妳的聲音很好聽啊。真好，加油。你又是怎樣，北村？還是考古學家嗎？」

在稍遠的地方一直看著菫的北村，踢了一下牆壁，稍微靠近菫所在的泳池中央。

「是的，我打算成為印地安那瓊斯。」

「嘿嘿嘿……真是適合你。」

「會長的夢想呢？還是一樣未定嗎？」

「都說過不是未定，我去年寫的是『交給命運決定』吧？命運已經決定了，終於開始有所動作。」

「咦？」

北村的聲音莫名響徹寂靜的夜晚游泳池。

菫在星空下優雅游動，兩隻眼睛閃閃發光，腳尖用力指向天際：

「frontier。」

她以帶著醉意卻果決的聲音繼續說下去。菫稱呼無可動搖的未來為命運，而且大家都知道那一天終將到來。

「我要去宇宙，去沒有任何人看過、沒有任何人去過的『邊境』。我要飛去，然後超越。」

幸太的身體竄過一陣電流。

這個人一定做得到。其他人做不到的事，眼前這個奇怪、比任何人都要聰明的傢伙，一定能夠做到。用這副纖細柔軟的身體，這個人一定能夠飛到任何地方。

「對方認為我一定辦得到，也批准我的申請。所以畢業之後，我就要跨出第一步。」

「……去留學嗎？」

「是啊。這是前往宇宙的第一步。」

櫻早就知道了吧？她只是開心地瞇起眼睛，注視她自豪的姊姊。堇也是幸太自豪的學姊，他覺得與新世界開拓者相處的這一年，即使是在很久以後、即使大家成為大人，仍會繼續強烈支持自己的心。

北村一定也感到很自豪、很開心——

「學……學長？」

與幸太的猜測完全相反，北村沉進黑暗的水底。

＊＊＊

「睡不著嗎？」

過了午夜十二點的學生會辦公室。鋪著霉味棉被的「男生房」裡，幸太、總務學長，還有北村三個人一起睡。

「你還不是一樣。」

北村坐在黑暗之中，背靠著牆壁，似乎一直望著窗外還未明的天空。沒戴眼鏡的側臉看起來好像蒙上一層水氣。幸太忍不住坐起來。

「怎麼了？你睡你的，不用特地起來陪我。」

「不是……我睡不著，一直都沒睡。」

「因為有喜事對吧？看你的臉就知道。」

嘿嘿嘿。幸太沒出息地放鬆表情，害羞地咬著棉被角落。對，就算要我三天不睡也沒關係——大概就是這麼興奮。

「你沒事吧？怎麼好像……」

只是看到北村的模樣，幸太原本輕鬆的笑意全沒了。眼前的北村，該說「沒精神」，還是「低潮」呢？

北村擦拭眼睛，看樣子好像在哭——要是問的話應該會被罵吧？

「哈哈……」

無力的聲音在黑暗中響起，北村嘆了口氣，猶豫一下還是開口：

「要是去宇宙，就真的搆不到了。」

「不、不會……啦……」

幸太靜靜靠近北村，避免吵醒總務學長。

「學長一定跟得上的。至少我是這麼認為……」

北村不發一語，只是聳聳肩。幸太真的這麼想，可是——

「這樣子跟著她，對她來說只是負擔……她不需要這種多餘的垃圾，絕對不需要。」

「學長……」

北村無意義地不斷反覆緊握雙手然後放鬆的動作，一直低著頭。接著又說道：

「……沒用的，已經結束了。」

幸太不停搖頭，彷彿頭都快要掉了。才沒有那種事，堇怎麼可能不需要北村。

幸太也不明白為什麼知道，可是他就是知道。

站在比誰都還要近的地方看著他們，所以幸太知道。

「我支持你，絕對支持你。所以……請你不要說喪氣話。」

「哈哈……你的支持聽來好像很厲害。」

「我不是在開玩笑。」

原本在睡覺的總務學長突然動了一下。該不會吵醒他了吧?幸太連忙按住嘴巴。

「現在才要住嘴已經太慢了。我早就醒了。」

總務學長像毛毛蟲一樣蠕動，鑽向房間角落的冰桶，從裡面拿出三個罐子——北村一罐、幸太一罐、自己一罐。

「啊、總務學長，這個是……」

「都說過我的名字是——算了，不重要。」

櫻買錯的水果酒已經有點變溫了。北村遲疑了一下，面帶苦笑看著手上的水果酒。看到北村的舉動，幸太也下定決心，緊緊握住罐子：

「不要在乎小事。看來今晚我們各自都有想要違反校規的理由，既然這樣，嗯。」

鏗！總務學長裝模作樣看著北村與幸太的臉，下半身依然窩在棉被裡，高舉手臂——

「敬我們的學生會，乾杯。」

＊＊＊

蓋好膠水的蓋子，幸太點點頭：

「嗯……連我自己都覺得不錯。」

打開的窗戶另一頭傳來各個社團的笑聲。第二學期開始了，天氣還是一樣熱，光是在學生會辦公室裡面待一下，襯衫就已經吸滿汗水。

下個月就要舉行校慶，準備工作正在緊鑼密鼓進行。包括堇在內的學長姊，今天都要出席校慶執行委員會議，所以不會進辦公室。多虧如此，幸太的工作才能順利進行。

他再次確認用膠水黏好的照片。「如果出什麼差錯，你就給我一個人再演一次全年度的活動！」——堇下達了嚴厲的命令。雖說這些照片也都是假的。

尤其是幸太負責拍攝的集訓後半段照片特別淒慘。在大功告成的櫻花布景前，同時假冒入學典禮和畢業典禮。可是這部分的照片裡幾乎都是扮演在校生的櫻、手比V手勢的櫻、用手帕擦著眼睛假裝哭泣的櫻、看著櫻傻笑的幸太，以及看著幸太的舉動感到不耐煩（或許是宿醉）的堇……盡是這種照片。

真是可愛……幸太一個人盯著櫻的照片看了好一會兒，終於來到最後一頁。右邊頁面是團體照，上面寫著每個人的夢想。

然後是左邊頁面。

這是幸太拍攝的畢業典禮場景。他很喜歡這張照片，所以特地洗成大尺寸，然後將它擺在這一頁。

這本紀念冊在未來的某一天，會連同回憶一同展開——如果有人注意到就好了。幸太的臉上露出微笑。

「幸太同學——！我這邊好囉——！」

可愛的女朋友在門口出聲喊他。櫻有其他工作，所以剛才都待在教職員辦公室。

「如何？很麻煩嗎？要我幫忙嗎？」

「不用，我那邊已經完成了。我們也差不多該鎖門回家了。早點走吧！難得今天學長姊他們不在，我們早點離開，去吃點東西！」

「啊，這個提議不錯！對了，書包呢？」

「喔喔、差點忘了書包。」

真不敢相信——！櫻露出笑容。幸太連忙抓起書包、關好窗戶、拿著鑰匙離開學生會辦公室。「走吧！」微笑說了一聲，兩個人牽著手互望一眼「呵呵！」「哈哈！」笑了起來。

在上鎖的無人辦公室裡面，突然捲起一陣風。也許是關門造成的，只見輕微搖晃的空氣裡，不知從哪來的不合時宜碎片正在隨風飛舞。

那是帶著淡粉紅色的心型花瓣。

無聲落在忘記闔起的左邊頁面照片上。照片中戴眼鏡的在校生代表正在仰望講台上的畢業生代表。而長髮垂肩的畢業生代表似乎正在對在校生代表說些什麼，一隻手舉在空中。

兩個理應相愛的高年級生，今年總算能夠好好注視彼此。

完

TIGER X DRAGON SPIN OFF!

不幸的黑貓男傳說

「……看到了嗎？」

「不行，被那棵樹擋住了……稍微左邊一點。」

「這、這樣如何？」

「不行不行，這次換成另一棵樹擋住……啊啊、真是的！明明只差一點，真是煩耶！乾脆把樹全砍掉算了！」

別鬧了。

高須竜兒為了把肩膀上那隻開始亂來的傢伙放下來，於是不發一語蹲下來。肩膀上的傢伙滿心不願地把雙腿踏回地面，嘴裡不乾淨地朝著全世界開罵：

「王八蛋！」

不僅如此，她還焦躁地拔掉花壇裡茂盛的無辜紫蘇，紫蘇的香氣頓時飄散在盛夏正午時分，熾熱有如地獄的空氣裡。

「真是的，算了！放棄放棄！啊——啊——難得放暑假特地跑來學校，卻看不到北村同學從事社團活動的模樣。我到底是為什麼過來……你這傢伙，人家陷入低潮時，竟然敢裝作沒看見！」

無理取鬧的逢坂大河抬起穿著學生鞋的腳尖，朝著蹲在地上專心採收紫蘇的竜兒屁股踢了一腳。

「痛……很痛耶，豬頭！」

「敢叫我豬頭？你這隻狗好大的膽子，竟敢對我出言不遜！」

啪！竜兒的嘴邊挨了一巴掌。竜兒豎起的凶惡眼睛閃爍著耀眼刀光，毫不讓步地回敬大河幾句：

「要殺要剮隨便妳！別阻止我摘紫蘇！這個紫蘇可是不用錢的！我愛摘多少就摘多少！妳懂不懂啊！」

「唔！口水噴出來了！髒鬼！」

「少囉嗦！不用錢又可以隨便摘，而且紫蘇可是我的最愛！妳這傢伙還不是每天承蒙紫蘇的恩惠，才能享受到美味的涼拌麵線和醃鮪魚蓋飯！再說最先把紫蘇種在這裡的人是我！在乾燥天氣裡為紫蘇澆水的人也是我！把那些害蟲送上西天的人還是我！所以我最有權利摘這些紫蘇！」

「……」

「不准無視我的存在！明白的話就來幫忙！啊……幸好有想到。上次全部摘光之後，還在計算下次可以採收的時間，結果不知不覺就糊里糊塗忘記這件事，放暑假之後也沒有機會過來採收。話說回來，紫蘇真是強韌。看看這個茂盛的模樣！」

帶著微笑的竜兒已經把原先來學校的目的忘得一乾二淨，不知從什麼時候開始就只顧著摘紫蘇，連大河若無其事地保持距離、以彷彿看到什麼髒東西的眼神望著他都沒注意。

即使凶暴有如野生肉食性動物，人稱「掌中老虎」的大河，面對在大熱天的金黃太陽底下專心摘紫蘇的竜兒，也不知道該說什麼。竜兒口中發出「嘿嘿、嘿嘿……」的開心笑聲，偶爾聞聞收穫的香氣，然後「嗯～」瞇起眼睛，將紫蘇收進隨身攜帶的袋子中，毫不在意裡頭擺了錢包與手機。不管是那個走火入魔的眼神，還是臉上天生的下流模樣，都讓他看來像個沒救的毒蟲，正在採收偷偷種在北海道一帶的違法草類——雖說他本人只是在規模極小的專屬香草花園裡，單純享受田園生活而已。

「啊，對了，大河！」

「……」

滿臉笑容換來大河白眼以待，早已是稀鬆平常的事，所以竜兒也沒有特別在意，他只是在紫蘇叢裡一面靠近大河一面說道：

「我在另一邊的花壇裡還種了茄子和小黃瓜，妳可以幫我去看長出來了沒嗎？幼苗順利成長，結業式之前開花了！去年挑戰過一次，結果被園藝社的社員發現，搶先一步摘光了。今年我一定要成功採收！」

「不要。」

「為什麼……喂，妳幹嘛離我這麼遠？那個眼神是怎麼回事？」

「你實在太噁心了！早知道我就一個人來！」

「幹嘛這樣！」

這兩人之所以會在暑假期間出現在學校，都是因為大河把寫作業要用的教科書忘在置物櫃裡。大河沒有找竜兒一起來，而是鬧到發慌的竜兒說是要散步，所以順便陪她來。

他們兩人一起走進校門時，正巧看到在運動場練習的壘球社。大河單戀的北村一定也在裡面。結業式以來，大河再也沒有見過北村，於是她表示：就算遠遠看一眼也好，我一定要看到從事社團活動的北村同學！可是不能讓他發現我在這邊。

因此竜兒和大河一起撥開校舍旁邊花草繁生的花壇，隱身在隨風搖曳的向日葵花叢裡偷窺。可是盛夏雜草的高度超過矮小的大河，在雜草的阻撓之下看不清楚場上狀況，於是竜兒便讓大河坐在自己的肩膀上。他為了大河親切地敞開心胸，誰知道換來一陣惡言惡語。

「說我噁心？哪裡噁心了！」

「太多了……具體說來就是臉，還有背後的汗等等。你整件衣服都濕透了。哇啊、這麼說來我好像……」

大河把手伸進自己的裙子裡面，大概是在摸剛才和竜兒肩膀緊密接觸的屁股。她的眼睛驚訝大睜，小臉蛋露出嫌惡的表情：

「唔！噁心！你背上的汗弄濕了我的屁股！噁——！噁——！」

大河伸出舌頭做出嘔吐的模樣。這下子就算竜兒再怎麼溫和，面對大河這種反應，依然會感到很不甘心。

「妳、妳怎麼不說是妳屁股的汗，弄濕我的背啊！」

「不可能！」

斬釘截鐵的否定之後，大河轉身背對竜兒「喝！喝！」模仿上完廁所的貓，用腳撥土踢向後方。滿是汗水的竜兒身上，立刻出現點點的沙土。

「喔！妳……噗！住手！笨蛋！我可是好心讓妳騎在我的肩膀上！」

「我現在後悔了！最討厭汗流浹背的狗！想埋起來！我要把你埋起來！」

「妳竟然對今晚打算用這個紫蘇炸天婦羅給妳吃的人說這種話？妳會遭天打雷劈！」

「哈！被雷劈正好可以殺菌！不跟你講了，我要快點去拿忘記帶的東西，你就在這裡曬到中暑吧！」

大河霹哩啪啦罵了一頓、狠狠蹂躪竜兒的心之後，便甩著長頭髮往校舍走去。竜兒靜靜伸手撫摸濕透的背，像狗一樣甩動身體，抖去頭髮上面的沙土，咬著嘴唇陷入思考——雖說早就知道這麼回事，可是這個女人真是太過分了。

這種人絕對不得好死。

大河撥動帶點灰色的奇妙淺色頭髮，獨自來到空無一人的走廊，走向教室。她的側臉精緻有如雕工細膩的玻璃，描繪出洋娃娃一般的甜美線條。

只要不開口……不，還有她的人格如果不是「那個樣子」，大河可以說是公認的美少女。淺色的大眼睛慵懶轉動，看到四下無人的她像幼貓一樣張大嘴巴，打了一個不適合「掌中老虎」稱號的可愛呵欠。只有沒人看的時候，大河才會露出最誘人的表情。

可是大河原本溫和的眉毛卻突然狠狠往上翹——因為轉角另一邊傳來吵鬧的腳步聲，似乎有人往這邊來。

我最討厭吵鬧的傢伙。沒有什麼資格講別人的大河不高興地噘起嘴。要是繼續走下去，可能會在轉角撞上。

要繞路嗎？

因為她不改變自己走的路、不讓路，所以才叫做「掌中老虎」。大河只走自己想走的路，哪怕對方是相撲社的男生還是老師，她都不打算改變自己的路。更何況遵守規則好好走路的自己，為什麼要讓路給不遵守校規、在走廊奔跑的人。

大河將堅硬的手肘伸向前方，專心保持這個姿勢朝著「噠噠噠！」飛奔而來的獵物前進。果然不出所料，就在大河來到轉角的瞬間——

「讓開！」

「咿……呀啊！」

波喲～～！手肘傳來柔軟的觸感。大力撞上來的對方發出一聲哀號，屁股著地順勢在走廊上往後倒，女孩的短裙就在有如岩石屹立不搖、毫髮無傷的大河面前整個掀開，毫不保留地露出雪白大腿與淺藍色內褲，就連內褲的縫線都看得一清二楚。

「呀啊啊啊～～！」

大概是注意到自己丟臉的模樣，女孩又叫了一聲，慌慌張張地在地上坐好，抓住裙襬往下拉。接著她一邊喊痛一邊伸手按住的地方，正是隔著背心也能清楚看見的豐滿胸部。女孩壓得太用力，不曉得她自己知不知道胸部已經被她擠成緊實的圓形。

原因不用多問，總之看到女孩這副模樣，大河瞇起眼睛，眼裡的凶暴更上一層樓。

「妳要小心一點啊。」

「啊，對不——」

知道看見自己內褲的觀眾是同性，讓女孩抬起眼睛的瞬間鬆了口氣，然而就在她眨了一下眼、注意到以了不起的模樣抬頭挺胸站在那裡的人，正是「那個」掌中老虎時——

「掌掌掌、掌中……！」

渾圓的臉頰瞬間失去血色。

大河的眉間皺起有如鋸齒的皺紋。

明明是對方不好，卻連一聲抱歉也沒說，還裝出一副受害者的樣子不停發抖，我最討厭這種傢伙了！再說那對毫無自覺的巨乳也很討厭……至於原因就不用多問了。

「連句『對不起』都不說嗎？還是說在妳的祖國，『掌掌掌掌中』就是道歉的意思？啊？妳這個野蠻人！」

「咿……！」

「還不道歉！」

這麼簡單就想擺平？大河面對害怕的女子，毫不留情跨出一步。對方是男是女都沒關係，大河輕鬆自如切換到凶暴模式。這才是真正的男女平等！不過就在此時，大河感覺到腳下似乎踩到什麼東西。

「……？」

倒地女孩的筆記本，就掉在大河腳下。注意到這件事的女孩也一臉難過地叫道：

「啊啊……幸太同學的筆記本……唯一的羈絆……」

大河「啐！」了一聲，大搖大擺撿起筆記本，可是沒有打算歸還，只是拿在手裡翻弄：

「妳很擅長擺出被害者的姿態嘛……既然是重要到被我踩到就會想哭，那麼打從一開始就不應該把它弄掉……」

大河眼裡閃著殘暴的凶猛光芒，上下打量女孩的身體、呼吸因為嗜虐的興奮而狂亂、沙啞語尾裡面的真實殺意一點一點滲透出來。嗚、嗚、嗚……看來應該是一年級的女孩大哭出聲，坐在原地動彈不得。

好了，我該怎麼玩弄這個囂張的露內褲巨乳妹才好——大河薔薇色的嘴唇露出凶惡的微笑。就在此時，走廊另一頭響起冰冷的聲音：

「怎麼了，櫻？」

「姊、姊姊！」

露內褲巨乳妹以迅速的動作站起來跑過去，躲在另一個女生背後。

認出那個人是誰的大河忍不住低聲說了一句：

「出現了……」

小小的身體散發超過一噸重的巨大猛虎氣勢與野獸氣味，瞇細的眼睛即將失去理性。眼前這個人正是大河最討厭的人。

「妳在幹嘛？喔，逢坂大河，我記得妳是北村的朋友吧。我是……」

「我知道妳是誰。」

那個人披著一頭黑色長髮，並且用與清爽美貌不搭調的豪邁男子漢口氣說話。大河認識這個女人，她就是學生會長。

學生會長每天和北村一起工作，而且在忘記什麼時候的清掃義工活動，也一直和北村走在一起。北村還笑得很開心，害我沒機會和他說話——讓大河體會到苦澀的嫉妒滋味的人就是她。

「妳還記得我啊。話說回來，妳為什麼要襲擊我妹妹？讓我聽聽原因吧。」

討厭的學生會長從頭到尾都很冷靜，臉上看不出絲毫膽怯的神色，還對大河露出寬宏大量的微笑。

「妳說妹妹？」

「是啊，妹妹。這傢伙是我的妹妹，一年級的狩野櫻。對手無寸鐵的學妹出手，不像掌中老虎的作風吧？」

內褲巨乳妹躲在學生會長背後縮起身體抖個不停。大河毫不猶豫地伸出手指向對方：

「那身為姊姊的妳，應該要為和那種暴露狂有血緣關係感到羞恥。妳老妹從走廊上狂奔過來，就這麼撞到無辜的我。可是別說是道歉，還說些莫名其妙的話，一個人哭了起來，搞得好像我才是壞人，現在還躲在妳背後。」

「喔……櫻，她說的是真的嗎？」

內褲巨乳妹心中一驚，僵著一張臉抬頭仰望姊姊，氣若游絲地說道：

「大、大致上沒錯……痛！」

就在她點頭的同時，腦袋也狠狠挨了一記連大河都為她同情的強力手刀。即使腳步搖搖晃晃，還是被學生會長推到大河面前：

「那麼錯的人不就是妳嗎！妳給我好好道歉！別老是躲在我背後！」

被學生會長以直達心底的聲音痛罵一頓，內褲巨乳妹終於眼泛淚光，戰戰兢兢地露出不知所措的眼神：

「對、對不起……很對不起……逢坂、學姊……」

在大河面前深深低頭鞠躬。「哼！」大河從鼻子發出一聲冷笑，也不打算繼續再戰，撥弄頭髮決定放過她，準備轉身。

「啊！那個……筆、筆記本……」

「啥？」

微弱的聲音，讓轉身的大河眼中再度充滿殺氣。內褲巨乳妹雖然嚇得顫抖，卻沒再躲進姊姊背後，只是踏穩抖動的雙腳，拚命對著大河伸出手：

「那、那本、筆記本……請、請妳還給我！那是別人借我的！是、是我和重要的人、唯、唯一的羈絆！妳、妳要我怎樣，我、我都願意，所以請還我～～！」

她的拚命打動了……不，是打破了大河天生就不存在的忍耐極限。

「少、囉、嗦！妳到底要誣賴我是壞人到什麼程度才甘心啊？我不過是忘了還妳而已！我要這種東西幹嘛！白痴！」

「唔！」

大河將手中忘記歸還的筆記本，朝著內褲巨乳妹的喉嚨甩過去，眼角看著慌亂抓住筆記本、忍不住跪倒在地的巨乳妹，以及不耐煩而出手幫忙的學生會長，這回真的要走了。就在她準備轉身的瞬間——有個東西伴隨明確意義躍入大河的眼中。

內褲妹手中那本牢牢印著22.5公分室內鞋腳印的筆記本封面，用簽字筆大大寫著主人的名字——「一年A班　富家幸太」。

＊＊＊

「哇啊～～！今天的晚餐好豐盛喲～～！小竜，一人幾隻蝦子？」

「一人三隻。」

「哇～～哇～～！」

除了口紅之外，其他部分的化妝都已經完成，染成明亮色彩的頭髮上還掛著電捲——竜兒的親生母親泰子，身穿粉紅色豹紋細肩帶上衣與竜兒國中時代的運動褲，巨大的胸部正在瘋狂搖晃。

泰子手裡握著筷子，那張天真無邪的開心笑顏因為化妝的關係更像是年輕少女，但是漂亮的玫瑰粉紅色妖豔指甲，還有落在柔軟鎖骨上的一絡頭髮，暴露出與真實年齡相仿的女人味，以及從事夜晚工作的甜美風情。

「也要多吃青菜。我準備了很多紫蘇。」

「泰泰好喜歡紫蘇天婦羅～～！泰泰也好喜歡小竜～～！」

從半透明的麵衣可以窺見色彩鮮豔的蔬菜本色，竜兒風的完美天婦羅就並排在矮桌上；味噌湯裡面有豆腐、白蘿蔔與綠色蔬菜；混入雜糧一起煮的雜糧飯，鬆軟又帶有淡淡的櫻花色；今天的醬菜是淺漬小茄子——這也是偷偷種在學校花壇的作物。天婦羅可以自行選擇沾鹽、檸檬汁，或是白蘿蔔泥。

晚上六點半的高須家客廳，矮桌前有竜兒、泰子和大河，是和平常一樣的晚飯時間。

開動——大家異口同聲說完之後，泰子立刻對主菜蝦子出手，竜兒則是喝起味噌湯。大河的筷子在伸向蝦子的半路上，不知因為什麼原因感到猶豫，在半空中揮來揮去。

「喂，沒禮貌！」

竜兒瞪向大河。只見大河雖然嘟起嘴，可是什麼也沒說，就這麼停住動作。

「怎麼了？」

「怎麼了，大河妹妹？」

長得不像的母子對著大河問道，可是大河嬌小的身體只是維持端正的坐姿，不發一語。

若是平常的大河，可是會連竜兒的主菜一起夾走，所以泰子也嚇了一跳，連忙放下筷子說道：

「對了，泰泰忘記了。對不起～☆泰泰當然也好～喜歡大河妹妹～☆」

「唔！」

泰子緊緊抱住大河，還親了她的髮漩。好一陣子動彈不得的大河就被埋在巨乳之間，總算痛苦地伸出小手不停揮動：

「沒氣了沒氣了！」

「唉呀呀……」

獲得解放的同時，大河一面大口喘氣一面倒臥在坐墊上。大河不想讓竜兒與泰子擔心，緩緩起身說道：

「我、我沒事。只是好像有點……沒食欲。」

「妳竟然沒食欲？」

「那下糟了～！」

「我偶爾也有身體不舒服的時候！這個給妳，這個給你。」

大河將一隻蝦子夾給泰子，另一隻夾給竜兒。剩下的一隻在沾過白蘿蔔泥之後，試著輕輕送入自己的小嘴。

「不要勉強了。還好嗎？」

咬了一口的大河點點頭，接著沾上一點鹽巴，一口一口把蝦子吃完。

「沒事，我吃得下。很好吃。」

接著扒了一口白飯。

「蝦子還給大河妹妹吧？吃得下就吃吧。我們家的餐桌可是一年只會出現一次蝦子～」

「不用了，我吃些青菜之類比較清爽的東西就好了。」

不曉得是不是吃了一隻蝦子刺激食欲的關係，大河接著拿起味噌湯。看到那副模樣，竜兒也稍微放心。

「紫蘇基本上也算是藥材，妳就多吃一點。」

竜兒旋轉大盤子，將紫蘇轉到大河面前。大河點點頭，迅速夾起一片送入嘴裡。看樣子似乎很喜歡，又夾了一片紫蘇。

大河最後還是解決了其他的蔬菜天婦羅，配著茄子醬菜與味噌湯吃掉一碗飯（這可是相當少見的情況，平常總是輕輕鬆鬆就能吃個三碗），姑且算是吃了晚餐。

看到大河吃飯的泰子也鬆了一口氣，一如往常抱著珍貴的香奈兒包包出門工作——異常變化發生在幾個小時之後。

「……竜兒……我……可能快死了……」

竜兒聽到這番令人震驚的發言轉過頭，已經是晚上十點之後。

不變的飯後悠閒時光才過沒一會兒，正當兩人一起將對折的坐墊當成枕頭，坐沒坐像地躺在榻榻米上看電視、不曉得誰要開始打瞌睡之時——

「要死了……」

「什……什麼？」

這才發現大河隨便躺……應該說是倒臥竜兒背後，抱著肚子一臉慘白。大河的臉原本就是有些泛青的雪白，可是現在她的臉上帶點膚色，也可說是面帶土色。竜兒急忙起身，靠近頭髮披散在榻榻米上的大河身邊說道：

「怎麼了？肚子痛嗎！」

「痛、肚子痛……好痛……」

「要去上廁所嗎？站得起來嗎？想吐嗎？」

「廁所就免了……不是那種痛……」

不停吸氣吐氣的大河微微顫抖。摸她的額頭才發現早已滿是冷汗，一片冰涼。

「是胃痛嗎？」

「我、我也不知道……這附近……」

她的小手正在撫摸滿是蕾絲，輕飄飄的連身洋裝肚子中央一帶，也就是肚臍的附近。看到連那隻手都在發抖，竜兒立刻知道這是緊急情況。

「我、我們去醫院！」

擺在客廳角落鳥籠裡的醜八怪鸚鵡小鸚，也一臉正經地翻白眼點頭表示：「沒錯！」

「對了，救護車……我來叫救護車！」

「那、那樣太誇張了……別……」

「可是妳不是走不動嗎？不是快死了嗎！」

「只是因為肚子痛就叫救護車……我不要……我、會忍耐……嗚～～」

大河用力擠出聲音，可是似乎難忍疼痛地扭著身體。沒辦法的竜兒快速翻閱電話簿，確認附近的大學附設醫院有夜間急診後，抓起手機、錢包與健保卡丟進包包裡。

「帶、帶我自己的健保卡幹嘛！」

竜兒已經難掩慌亂的模樣。拿出健保卡，斜背包包，擔起大河無力趴在榻榻米上的輕巧身體。大河已經說不出話，身體有如腹語術的人偶靠在竜兒手上，頭倚在肩膀，忍著痛不停發出低聲哀號：

「……！……！」

隨手關上家門的竜兒套上拖鞋，直接奔出玄關，鏗鏗鏗跑下鐵梯，抱著大河一口氣衝向招得到計程車的大馬路。

「對不起！有病人！這台車能不能讓給我？」

上班族打扮的大叔才攔下計程車，竜兒立刻衝到他面前加以拜託。竜兒凶惡的三角眼在燈光照射底下盯著大叔，也許是本能感到害怕，大叔的公事包掉在地上，也往後退開一步。

「謝謝您！」

竜兒將老爹的動作解釋成同意，馬上坐進計程車裡。告訴司機大學附設醫院名稱之後，接著大喊：「有病人，開快一點！」從後照鏡可以看到司機連連點頭。只是不曉得他是明白狀況，還是以為自己遭到劫車。

「大河！振作一點！馬上就到了！」

大河已經沒辦法好好坐著，只能趴在竜兒的大腿上，痛得不住發抖。

好可憐——不管受到什麼責罵、暴力對待，她都是跟我同吃一鍋飯的伙伴。大河果然還是個女孩子。竜兒看到她忍耐疼痛的模樣，不禁要為之落淚。所以他也伸手輕輕幫她整理一頭亂七八糟的長髮。

究竟是怎麼回事？食物中毒？盲腸炎？還是其他什麼更嚴重的病？

「死……」

「笨、笨蛋！說什麼死不死了！說出來就有可能成真！」

「不是……不是我……是那傢伙……」

該不會已經死了？

大河趴在竜兒膝上，不斷說些意義不明的話——那傢伙可能死了吧？那個黑貓男，應該死了，所以這是他的詛咒。

「妳、妳說什麼？什麼意思？」

「那個、一年級女生、說什麼……最後的羈絆……那個意思……是指……死了之後……的遺物……吧！」

「一年級女生……妳是說早上的事？」

在竜兒開心採收紫蘇與茄子時，大河在校舍裡與一年級女生發生爭執一事，竜兒後來在回程的路上聽她說過。

「我……那時候踏到的、筆記本……因為太不吉利……所以我沒說……那是那傢伙……『富家幸太』的……」

不會吧——竜兒忍不住盯著大河的耳朵。他認識富家幸太，是和北村感情很好，學生會一年級的學弟，也是大河所謂的「黑貓男」——黑貓橫過眼前，就會發生不幸的事——就是這麼一個人。對於大河來說，富家幸太正是帶來不幸的黑貓。每次只要富家幸太出現在大河面前，大河身上就會發生難以置信的倒楣事。

午餐的三明治被踩爛、天外飛來罐裝咖啡砸到頭、炸竹筴魚的尾巴黏在額頭上——到了這個時候，大河終於忍不住爆發出來，除了惡整他之外，還要他送上貢品。結果後來大河走在路上，卻被校舍裡飛出的洗面乳砸到頭、害她豆漿噴到臉上——因為他是北村的學弟，只是因為這個理由，他才得以活到現在。如果不是因為這樣，大河早就親手送這個沒救的低年級生下地獄了。

這些事竜兒都很清楚，以他的角度來看，與大河相遇本身就是一件倒楣事，所以他也很同情對方。

「那、那怎麼會是詛咒……」

「那傢伙……死了……死了……靈魂附著在那本筆記本上……我、踩到了……」

大河還在不停顫抖，緊抓竜兒露在五分褲外膝蓋的手指，冰冷到了嚇人的地步。

「帶衰……那傢伙的倒楣、透過靈魂……傳給我了……」

寂靜的計程車裡，只有大河拉長的哀怨聲音獨自響起。

＊＊＊

「夜間急診要是沒有先打電話過來，我們會很困擾的——」

這是竜兒抱著正在顫抖的大河好不容易抵達醫院時，耳朵聽到的第一句話。

「竟、竟然說這種話……對不起。可以看診嗎？」

「怎麼了——」

化妝濃得嚇人、身穿套裝制服的女子面對竜兒依然無動於衷，看了一眼抱在手裡的大河。大河已經氣若游絲，無法回應。

「好像是肚子痛。吃飯之前樣子已經不太對勁，吃完飯之後過沒多久，就開始痛起來！」

「晚上吃什麼——」

「天婦羅！」

「……天婦羅！」

哼！

感覺對方好像從鼻子發出冷笑——希望是我想太多。她從櫃檯那頭丟出一張紙：

「請填這張單子——」

可是竜兒的手上抱著大河，哪有辦法填單子？於是他請櫃檯小姐等一下，將大河放在大廳沙發上。大河雖然閉上眼睛，可是並非暈過去，只見她一臉痛苦表情，正在咬緊牙關忍著痛楚。用小電燈代替日光燈，昏暗的燈光照著寬廣的大廳。沒見到其他患者，自己的聲音在這種地方聽起來特別詭異。

「請、請借我一枝筆。」

櫃檯小姐瞪了竜兒一眼，丟出一枝筆──筆在櫃台上發出喀啦滾動的聲音。

急忙寫忙寫下姓名、住址（寫我家隔壁應該可以吧？）還有症狀。

「健、健保卡可以明天再補嗎？」

「請到沙發那邊等一下──」

沒回答竜兒的問題，也沒看那張紙的櫃檯小姐將填好的單子拋進一旁的神祕箱子裡。這是什麼態度啊！竜兒雖然很想這麼說，可是現在也只能聽從櫃檯小姐的話耐心等待。竜兒回到正在呻吟的大河身邊，什麼也做不了。在她身旁坐下的竜兒，心中莫名有個想法──

我們一定選錯醫院了。

怎麼辦？趁現在帶大河去其他醫院嗎？雖說櫃檯小姐不是醫生也不是護士，不過感覺還是很差，而且似乎可由此得知這間醫院的狀況。竜兒斜眼看向痛苦不堪的大河。不知該說是幸還是不幸，就在他猶豫的瞬間，診療室裡傳出叫聲：

「逢坂小姐，請進——」

剛才的櫃台小姐推著輪椅走近兩人。

「請用這個——」

大河微微睜開眼睛，似乎感應到什麼，反射性地扭動身子想要逃走，但是櫃檯小姐的手比竜兒早一步伸過去，用抱小孩的姿勢將大河抱起放在輪椅上。櫃檯小姐推著輪椅飛快走向診療室，竜兒也連忙追上去。

病人來了——櫃檯小姐出聲的同時，原本敞開的診療室大門不知為何突然關上。

「……啊！」

喀！正要關上的門夾住大河的腿。櫃檯小姐完全無視僵在原地的竜兒與無聲掙扎的大河，若無其事地將門打開。

「麻煩您了——」

說完話便將輪椅用力一推，放手離去。

「好——」

大河的輪椅不停前進，穿著白袍的年輕大哥伸出穿著拖鞋的腳停住輪椅——那是一名不知為何剃光頭的醫生。他面露親切的微笑，看向大河的小腿說道：

「怎麼啦——？啊，是這隻腳痛嗎？看來好像很痛的樣子。放心，腳的問題我馬上就可以幫妳治好。」

「腳是剛才被那扇門夾到！痛的是肚子！」

竜兒如果不出聲，醫生恐怕真的只是看過腳就會趕他們走。啊，肚子痛？我看看——醫生這才拿起聽診器，打算聽聽大河肚子的聲音。

可是大河飄逸的連身洋裝上，疊了太多層蕾絲。發現這點的醫生左右搖晃腦袋，似乎在想該從哪裡拉開衣服比較好。

「好吧，算了。妳先躺在診療台上——頭躺這邊，對、對，就是這樣。」

輪椅沒有煞車，大河忍著疼痛往診療台移動時，輪椅也在不停前後搖晃滑動。醫生只是看著病歷，似乎沒有注意到大河。就在竜兒連忙伸手準備幫助大河時，醫生對著他問道：

「啊，你是陪她來的？是她的家人嗎——？」

「咦？不，我是她朋友……」

就在這個時候，大河摔下滑開的輪椅，撞到堅硬的地板發出一聲悶響。

「啊！大、大河！」

「……！……！」

大河倚著診療台蹣跚起身，她的臉上已經沒有表情，只能不發一語壓著額頭。醫生開玩笑地說道：

「啊哈哈哈哈——妳在幹嘛？是這邊痛嗎？開玩笑的啦——」

醫生作勢要將聽診器貼向大河撞到地板的額頭。竜兒一臉不敢相信的表情，只是茫然望著醫生。醫生八成注意到竜兒的凶惡目光：

「你的臉好恐怖——！這樣我會分心，可以請你離開一下嗎？真是太恐怖了——！」

「呃，可、可是……」

「沒事沒事，在那邊等吧——」

竜兒幾乎是被強迫推到診療室的門邊。簾子拉上，看不見大河的模樣。怎麼可以讓那個蒙古大夫和大河兩人獨處呢！竜兒不甘心咬著指甲之際——

「……」

「……」

竜兒與坐在診療室角落的小學男生四目相對。不曉得他是不是氣喘發作，只見他張大嘴巴吸入蒸氣，雙臂以「我絕對不再被任何人欺負」的姿勢用力抱住機器，眼睛卻像死魚逐漸失去清澈——看來不只是因為疾病造成的疲勞。

來這家醫院絕對是個錯誤！

「哇呀……！」

在竜兒理解到這個事實時，裡面傳來大河的哭聲，聽來好像掉進陷阱的熊在哀號。

「沒事沒事。我只是要抽血而已——！啊……又失敗了……啐！可惡……好，這次一定可以……咦，沒抽到？啐！找不到血管，妳等一下。」

「哇呀、哇呀、哇呀——！」

「我在找妳的血管……啐！這隻手不行！換手、這邊也不行。啐！嘖！他媽的！」

診療室裡數度響起讓人感到害怕的咂舌聲。呆立原地的竜兒心想，如果大河的聲音停止反而恐怖，拜託醫生不要歇斯底里啊！持續不斷的咂舌聲，讓竜兒不禁想要掩起耳朵——但是帶大河來這裡的人是我，我沒有資格逃避眼前的恐怖……真的拜託你住手。竜兒愈來愈想大喊住手、帶大河去其他醫院。

就在他下定決心拉開簾子時——

「哈啊——抽到了、抽到了！好，接下來就不會痛了。只要看看血液，就能夠知道肚子裡面有沒有發炎或是出血！」

針筒裝滿大河看來莫名深黑的血液。好不容易抽到血的醫生微笑說道：

「妳等一下喔！這個給妳，當成害妳這麼痛的賠禮！」

醫生從白衣口袋拿出糖果，打開包裝丟進大河張開一半，一動也不動的嘴裡。大河立刻抓住竜兒的手，「呸！」吐出糖果。黏答答的糖果在竜兒手中轉動，最後黏在手上。自己的手在這種時刻派上用場，讓竜兒感到幾分頭痛，不過也同時想到：怎麼會讓肚子痛到送來醫院的病人吃糖果呢……

接下來先等一下吧。聽到醫生這麼說，於是他們兩人再度回到候診室沙發上等了二十分鐘。躺著的大河依然不停呻吟、顫抖、拚命按摩自己的肚子。左手內側早已嚴重瘀青，右手內側則是用膠帶貼著脫脂棉花，上頭還不合理地滲出很多血。她的眼睛散發空虛的光芒，臉色難看到不像話。

「大河，喂……」

「……」

沒有回應，已經發不出聲音了。她的嘴唇乾燥到脫皮，還因為咬著嘴唇忍耐疼痛的關係，微微滲出血來。她現在的樣子看起來比來醫院前更糟。

不過如果可以明白肚子痛的原因，並且加以治療就算了。

「我說——原因不明！」

莫名清晰的粗啞聲音從背後傳來。

竜兒帶著絕望轉過頭，剛才的醫生就站在他的背後咳咳傻笑，手上拿著上面掛有點滴的銀色支架。

「剛剛抽的血，驗不出肚子痛的原因！」

「驗不出……」

「但是可以確定沒有發炎，所以不是盲腸炎。話說回來，這都要怪這個狀況不是急診設備能夠處理的！」

竜兒再度從醫生的笑容之中感到一陣恐怖，立刻以若無其事的動作將大河藏在自己身後，拚命追問下去：

「既然不是腸胃，會不會是婦產科方面的問題……？」

「那方面的問題也不是急診能夠處理的！如果你們真想知道是什麼毛病，請挑一般看診時間過來。啊，對了，我們這裡是大學附設醫院，所以沒有介紹信可是很貴的喔！」

「會不會是什麼黏膜炎……？」

「所、以、我、說，她沒拉肚子對吧！也沒有吐對吧！即使你們來掛急診，我們還是沒辦法處理啊！肚子裡面沒有內出血，也沒看見急症該有的症狀，說是食物中毒也看不出來！連便祕或是放屁都沒有！總之只是看起來很痛而已，所以……這個！」

為什麼這麼開心？還是純粹因為值夜班所以情緒亢奮？醫生只是指指點滴，拿起事先準備的管子，取下前端的蓋子說道：

「這是用來止痛的！啊——好險，我就想到會有這種事，所以把針頭留下來了。這孩子的血管實在太難找了——」

醫生爽快拿掉大河右手內側的脫脂棉花，血也跟著緩緩流出。原來在棉花底下，附了橡膠接口的針頭還插在那裡。咦——可是竜兒除了後退幾步之外，什麼事也做不了。醫生當著竜兒面前，手法俐落地將點滴管接上針頭，稍微調整點滴的滴落速度：

「滴完之後再叫我！」

「在、在這邊吊點滴嗎……？直接在大廳？」

「可能還會有其他病患，所以要把診療室空出來。有時候會有很可怕的喔。」

「很可怕的……？」

「肚破腸流的那種。」

我可顧不了沒跑出身體的內臟——醫生一副沒什麼大不了的模樣說完這句話，便回到診療室裡面。這家大學附設醫院的確擁有很完善的急救設施，也是日本數一數二的大醫院，很可怕的肚破腸流病人應該也會送到這裡……雖然剛才的那個醫生根本就是蒙古大夫。

可是……對了！竜兒卻莫名地接受了——醫院一定是把優秀的醫生都調去急救，所以這裡才會只剩下這種功力不足的菜鳥醫生。唉，雖然只是一般人的妄想，不過看到那間診療室陽春的模樣，也不是不可能的事。

「大河！」

偶然轉過頭的竜兒忍不住尖叫出聲。正在打止痛藥點滴的大河，全身上下的肌膚都冒出蕁麻疹，疹子看來是從插著點滴針頭的手臂內側蔓延開來。蕁麻疹在竜兒的注視下逐漸擴散，一塊塊結合在一起，變成更大塊的紅疹。

「哇、哇、哇哇……現在是在搶地盤嗎？大河！來人啊——！」

「好、好癢……」

「誰來救命啊！」

大河躺在大吼大叫的竜兒身邊，這才注意到插在自己手臂上的點滴。

「什、什麼……沒辦法呼吸……！這個……怎……好癢……！」

「大河，振作一點！醫生說這是止痛藥！」

「……我、止痛、藥……」

大河的喉嚨發出咻咻的聲音，痛苦地扭動身子，氣管也收縮起來。剛才的醫生與幾名護士都跑過來，看到大河的臉與瞬間腫起的眼皮：

「啊，糟糕。」

眾人鐵青一張臉，立刻將大河抱上擔架，快速推著擔架離開。竜兒也緊追在後。

我對止痛藥過敏。

——這是呼吸困難的大河好不容易擠出來的一句話。那麼現在這個反應就是過敏囉？醫生為什麼一開始沒問會不會對藥物過敏？為什麼沒取得病患同意就貿然施打點滴？

然而此時的竜兒還不知道，大河也不知道，醫生與護士更不可能知道，在這層樓的樓上，也就是這間醫院的二樓，新的苦難……不，是詛咒的黑貓已經咬住大河，準備將她送往更恐怖的地獄。

二樓的護士站設有公共電話。

因為全身多處骨折而住院的高中一年級學生，手裡握著幾枚十圓硬幣，從剛才開始就不斷在護士站前來回徘徊。

「富家同學怎麼了？要打電話給女朋友對吧？什麼？你沒有電話卡？」

「什麼什麼？你有女朋友啊？」

「咦——？對方是什麼樣的女孩子？辣妹型？還是清純型？快打快打，不然等一下又要被402病房的老婆婆占住了！」

「我們沒在聽、沒在聽！你看，我們的耳朵又沒有豎起來！」

「快啦快啦！快打！」

他在猶豫不決、害羞了老半天之後，只打了通電話回家，拜託家人帶來替換內褲便匆匆忙忙逃離護士站。他還沒有成熟到能夠當著工作中的大姊姊面前，和喜歡的女孩講電話。

這個時候，緊握在手中剩下的數枚十圓硬幣從手裡掉落。「鏗啷、鏗啷！」硬幣彈落樓梯發出聲響，還來不及撿起就已經滾到一樓。雖然只是十圓，但是錢就是錢，於是他慌忙追著硬幣跑下一樓大廳，跟在滾下樓的硬幣後面來到空無一人的走廊。

躺在擔架上的大河幾乎快要失去意識。她知道很久沒發作的強烈過敏症狀又發作了。黏膜似乎愈來愈腫，眼睛、口腔、氣管，全都又熱又癢地不停顫抖。肚子愈來愈痛，現在就連視線前方都開始出現朦朧的黑色物體。

竜兒應該在身邊吧？大河拚命想要轉頭，結果就看到那個東西。

正在前進的擔架前方，T字走廊的交岔路口。

由左往右飄過去的那個東西。

死亡預告——大河的腦中浮現這個字眼。因為那傢伙、那傢伙和應該已經死掉的黑貓男長得好像。

「嚇！」

護士不禁叫了一聲。急速前進的擔架輪子，突然卡到什麼又小又硬的東西，讓那個輪子動彈不得，整個擔架也以那個輪子為軸心轉了一百八十度，將護士夾在擔架與牆壁之間。而且擔架順勢傾斜輾過醫生的腳，害得醫生撞倒另一名護士，竜兒也被撞成一團的人們絆了一跤，跌在地上下巴著地。然後是肚子痛加上劇烈過敏的大河從突然停下的擔架飛出去，狠狠撞到牆壁，接著又彈進觀賞植物的盆栽裡。

大河的最後一眼是看見翻倒的擔架，以及被壓在底下的眾人。

之後的整整一分鐘裡，沒有半個人開口。這是一樁慘絕人寰的意外。無緣無故冒出來的一枚十圓硬幣竟然釀成這種慘劇，是任何人都想不到的事。

＊＊＊

在對症下藥之後，還不到半夜大河的過敏就好得差不多了。冷靜下來之後，肚子似乎也不再那麼痛。兩人搭乘計程車回家，竜兒也把大河送到她家門口，兩個人稍微睡了一會兒，時間來到這天早晨。

「這樣不可以～～！」

竜兒與泰子難得一起出現在大河家。燦爛奪目的早晨陽光照亮室內，完全不同於高須家。泰子悠閒的聲音響徹屋內。

昨天晚上發生的事，竜兒已經透過簡訊告訴泰子，泰子因此幾乎沒有喝酒，而且提早下班回家，兩人算好大河差不多起床的時間，一起前來探望大河。

「昨天我沒有進來，所以沒發現……」

「大河妹妹，妳要再克制一點啊～」

穿著睡衣的大河一臉尷尬，站在臥室門口靜靜望著高須母子，一語不發咬著睡衣袖子，沒穿鞋的腳在鬆軟地毯上扭捏交叉。

大河家的寬廣客廳，到處留有大河惡行的證據。首先是矮茶几上的兩個冰淇淋杯子，裡面還塞著便宜冰棒的殘骸；擺放42吋豪華電視的時尚L型吧檯，有一個洋芋片空袋；系統廚房裡有一個布丁杯、一個優格杯；輕乳酪蛋糕專賣店的垃圾就大刺刺擺在沙發上。

「這些是妳昨天一個人吃的？不是櫛枝或是誰來妳家玩？」

嗯。大河點頭承認。

「從學校回家之後，到吃晚餐前的這段時間？」

嗯。大河再度點頭。

啊——啊——運動服裝扮的泰子發現滾落在地的寶特瓶奶茶，拿起來輕敲大河的頭：

「這些東西怎麼樣都是妳吃太多了～大河妹妹！不行這樣！」

「對不起……」

乖乖低頭的大河臉上，還隱約留有蕁麻疹的痕跡。昨晚發生的事，現在回想起來竜兒也生不了氣，只能默默收拾那些垃圾。

「現在呢？肚子還好吧？」

「睡了一晚之後，已經好多了……肚子餓……」

又來了。

可是看見大河沒事的泰子微微一笑，一邊用沒化妝的臉磨蹭大河的臉頰一邊說：「唉呀，真拿妳沒辦法～不過沒事就好。」

「對了，整理完之後，我們就拿健保卡去醫院，然後大家一起去吃早餐～！要吃麥當勞早餐？還是須藤吧早餐？泰泰剛領薪水，要吃什麼都可以請你們吃喔～！」

「太棒了！我要須藤吧早餐！牛奶糖土司套餐！」

大河開心得快要跳起來，撩起睡覺時放下的長髮，關上房門，看樣子已經開始換衣服。

竜兒不知不覺稍微瞪了泰子的側臉：

「這樣不會太寵她了嗎？」

才一說完，泰子也對竜兒的臉頰施以同樣的磨蹭攻擊。雖說竜兒多少也知道自己的戀母情結，不過這個舉動還是……所以輕輕拉開距離。泰子瞇起眼睛笑著說道：

「小竜真了不起～！好好把大河妹妹送到醫院，好好把她帶回家……嗯，還有好好看家，了不起了不起！不愧是男孩子！」

「……」

竜兒一面心想「幹嘛突然說這些」一面把垃圾丟進垃圾袋裡，有點難為情地低下頭。大河的臥室裡傳出「咚！」一聲，八成是脫睡衣時跌倒了。「啊，好痛！」聽到大河笨手笨腳的聲音，竜兒出聲詢問：「怎麼了？」

「別進來！好色狗！」

無論如何，身體健康就好。

至於大河付給醫院的金額，包括各種檢查費用在內，最後得到一個不像話的總額。竜兒與泰子兩位高須家成員不用提，就連金錢方面從來不用擔心的千金小姐大河都皺起眉，無言地瞪著會計科的大姊姊。

在回家的路上，回頭看向豪華的大學附設醫院。可能是在這裡遭遇許多慘事，總覺得醫院看起來似乎發散某種詭異的氣息。不然今天明明是個天空湛藍的大晴天，還有閃亮耀眼的盛夏陽光，為什麼只有醫院上方烏雲密布？

病房裡該不會有死神吧？大河低聲唸唸有詞。她已經打定主意：我絕對不要再來。

大河和理應死亡的黑貓男擦身而過，讓她嚇到幾乎把剛喝下的盒裝牛奶全部噴出來，已經是夏日暑氣未退的新學期了。

完

後記

這陣子在睡前的放鬆時間，我都會打開床頭燈看著料理書，心想：「啊～這個好像很好吃～雖然已經這個時間（凌晨三點），還是做點什麼來吃吧～」才想到這裡，頭上的燈泡突然發出聲音爆開。

右半邊的臉上全是玻璃碎片……眼裡還留有光的殘影，耳朵也開始耳鳴，可是枕頭一帶變成危險區域，雖然已經這個時間（凌晨三點），還是得拿吸塵器清理乾淨才行。幸好沒受傷，也幸好保住不少東西。活在這種危險的現實裡，我是ゆゆ代謝。

首先要感謝看完這本《櫻色龍捲風》的讀者！如果能夠在各位的現實日常生活當中，為大家稍微帶來一點愉快，那就是我最開心的事。

本書是《TIGER×DRAGON！》系列的番外篇。我在寫這篇作品時，原意是希望讀者即使沒有看過《TIGER×DRAGON！》系列也能看得懂。如果有人沒注意到這是番外篇而看得滿頭問號，那真是非常抱歉。如果各位看完番外篇之後，對《TIGER×DRAGON！》系列感到有點興趣，也希望各位務必多多支持本篇！

再來是《TIGER×DRAGON!》系列的忠實讀者們，讓各位久等了，真是對不起。我希望盡量抽出時間盡快將《TIGER×DRAGON5!》（註：中文版《TIGER×DRAGON5!》由台灣角川好評發售中）送到各位手上，也請各位再耐心等待一下。

常聽說「製作恐怖題材相關作品的製作者，都會發生不幸」。譬如電影《鬼哭神號》或《四谷怪談》等。這篇天生倒楣鬼的故事，修改自《電擊ｈｐ》連載的作品，在修改期間我也同樣遭遇極度倒楣的事。我原本打定主意一定要把這件事情寫在後記裡、不寫不快的，可是這次的後記只有兩頁，我的滿腔悲憤怨念，豈是區區兩頁寫得完的。所以這件事下次再寫，我一定會寫的……穩重有如放牧在美麗草原的乳牛，這個讓親生爸媽說：「已經十年沒看過妳發脾氣了」的我，竟然會遇到這種苦難～～！大概就是這種感覺。

最後要謝謝陪我到最後的各位，謝謝各位買下這本作品。我覺得光是寫書、書被擺在書店、書被買走——這種緣分已經稱得上是奇蹟了。如果各位能從我的作品中再得到一點快樂，那將是我最大的幸福。感謝的話怎麼說都不夠，我今後也要在每字每句中注入「愛」，藉由我全身的體重打動各位的手……不，是各位的心。希望各位能夠接受。還有ヤス老師＆責任編輯，今後也請多多指教！

竹宮ゆゆこ

©YUYUKO TAKEMIYA 2005

Kadokawa Light Novels

我們倆的田村同學 1~2 待續

Kadokawa Fantastic Novels

作者：竹宮ゆゆこ　插畫：ヤス

一邊是冰山美人，一邊是不可思議美少女
平凡的田村同學戀情將何去何從!?

平凡的田村同學和有點怕寂寞、卻又愛鬧彆扭的高傲美少女・相馬廣香發生初吻的同一日，竟然收到久無音信的不可思議系電波美少女・松澤小卷所寄來之明信片！這封明信片即將帶來什麼樣的波瀾——!?請看竹宮ゆゆこ的微酸愛情小品文。

各 **NT$180~200/HK$50~55**

台湾角川

Kadokawa Light Novels

©YUYUKO TAKEMIYA 2007

TIGER×DRAGON！ 1~5 待續

Kadokawa Fantastic Novels

作者：竹宮ゆゆこ　插畫：ヤス

大河的父親突如其來的提議，
爲衆人各有打算的校慶掀起波瀾！

面惡心善的高須竜兒，在高二開學的第一天就惹上嬌小兇猛的「掌中老虎」逢坂大河，可是關係險惡的兩人卻在陰錯陽差之下得知對方的秘密，決定為愛結盟向前衝！沒想到謎樣的轉學生川嶋亞美也加入這場愛的殊死戰，究竟會點燃多猛烈的戰火呢!?

台湾角川

各 **NT$180~200/HK$50~55**

©2005 Kazuki Sakuraba, Hinata Takeda

Kadokawa Light Novels

GOSICKs 1 待續

Kadokawa Fantastic Novels

作者：櫻庭一樹　插畫：武田日向

一場圖書館塔上的偶然邂逅
黑色死神與金髮公主的命運齒輪開始轉動！

來自東方國度的黑髮少年久城一彌、總是孤獨一人的神秘少女維多利加、神秘的英國轉學生艾薇兒，廣大的《GOSICK》世界就此展開！除了兩人初次見面的〈序章〉，同時收錄五篇短篇推理故事，所有關於久城一彌與維多利加的來龍去脈，全部在此展開！

NT$200/HK$55

台湾角川

Kadokawa Light Novels

©2007 Takaaki Kaima

學校的階梯 1~5 待續

Kadokawa Fantastic Novels

作者：櫂末高彰　插畫：甘福あまね

令人期待的校慶活動終於到來！
但是來自外校的危機卻虎視眈眈地覬覦階梯社？

主要活動是在校內走廊與階梯上奔跑，徹底違反規則的階梯社雖在學生集會上獲得認可，但是他們卻放棄成為正式社團的機會，依然以地下社團的立場，不斷在校園之內來回奔跑！這回在校慶活動之中，主張「階梯是文化」的九重又會鬧出什麼風波!?

各 NT$180/HK$50

台湾角川

©2007 Hideyuki Furuhashi

Kadokawa Light Novels

超妹大戰 1～2（完）

Kadokawa Fantastic Novels

作者：古橋秀之　插畫：內藤隆

「S－1妹妹錦標賽」進入最高潮！
最強的八名妹妹展開超越常人的頂尖對決!!

自從疼愛妹妹的哥哥烏山悟拿到「妹妹控制器」，他的妹妹．烏山空從此脫胎換骨！為了決定誰是才最強的妹妹，眾人決定透過「S－1」一較高下。〈普莉恩〉的刺客海冥寺幽香也在此時潛入會場，對參賽妹妹伸出魔掌。出乎意料的妹妹戰鬥物語完結篇！

各NT$180/HK$50

台湾角川

Kadokawa Light Novels

©KEIICHI SIGSAWA 2007

學園奇諾 1~2 待續中？

Kadokawa Fantastic Novels

作者：時雨沢恵一　插畫：黑星紅白

惡搞《奇諾の旅》主角們的校園喜劇熱鬧上演!!
建議奇諾的粉絲們，閱讀前請先作好心理準備喔！

女子高中生木乃（日文發音與「奇諾」同為「KINO」），與會說話的手機吊飾漢密斯，過著愉快的校園生活。但是，木乃的真實身分卻是和妖魔戰鬥的正義使者!!另外靜（日文發音與「西茲」同為「SIZU」）學長也登場了，這兩人會激起什麼樣的火花呢!?

台湾角川

各 **NT$200/HK$55**

©Nagaru TANIGAWA 2007

Kadokawa Light Novels

涼宮春日系列 1~9 待續

Kadokawa Fantastic Novels

作者：谷川 流　插畫：いとうのいぢ

引領輕小說風潮的重量級鉅作最新刊
超人氣第九彈《涼宮春日的分裂》參上！

榮獲日本第八屆Sneaker大賞，集科幻與萌系元素於一身的新型態輕文學小說。為了尋找外星人、未來人、超能力者，校內第一怪人涼宮春日組了個「為了讓世界變得更熱鬧的SOS團」，於是乎只要她突發奇想，那些外星人、未來人、超能力者就會吃盡苦頭!?

各 **NT$180~250/HK$50~70**

台湾角川

Kadokawa Light Novels

©WATARU TAKANO 2006

七姬物語 1~4 待續

Kadokawa Fantast Novels

作者：高野 和　插畫：尾谷おさむ

三姬、七姬共迎春暖花開的鼓城
歷史的齒輪隨著三都同盟緩緩轉動……

大陸一角的七座都市相互爭戰，勢單力薄的七宮空澄姬與武將展・鳳以及軍師杜艾爾・陶以賀川為據點，立下大志「三人一起取得天下」！第9屆電擊電玩小說大賞〈金賞〉＋《這本輕小說真厲害！2005》日本讀者票選第六名的人氣小說！

各 **NT$180~200/HK$50~55**

台湾角川

©MINORU KAWAKAMI 2003
©TENKY 2003

Kadokawa Light Novels

終焉的年代記 1〈上〉〈下〉待續

Kadokawa Fantastic Novels

作者：川上稔　插畫：さとやす（TENKY）

面對1st-G下達的最後挑戰書，
由佐山統率的全龍交涉部隊將如何應對……!?

佐山御言面對即將到來的全龍交涉，仍猶豫著是否要接下擔任部隊代表的重大任務。正當他舉足不前時，與1st-G之間的戰鬥已悄然開始，雙方進入了一觸即發的局面。佐山是否會願意加入全龍交涉部隊，並帶領大家阻止負面概念擴張呢？

各NT$220~260/HK$60~75

台湾角川

Kadokawa Light Novels

©2005 Teru Arai, Sacchi

ROOM NO.1301 1~5 待續

Kadokawa Fantastic Novels

作者：新井輝　插畫：さっち

異想天開的1305新房客西奈
神秘舉動再次襲捲習慣新生活的健一！

自認平凡的高中生絹川健一無意撿到一把鑰匙，此後人生大不相同！不僅要周旋在女朋友、美女藝術家、親姊姊、神秘美少女之間，如今又要面對不按牌理出牌、莫名其妙的新房客，陪著她上街頭表演。健一不禁大嘆：我不適合談戀愛！

台湾角川

各 NT$180~220/HK$50~60

國家圖書館出版品預行編目資料

TIGERxDRAGON SPIN OFF : 幸福的櫻色龍捲風
/ 竹宮ゆゆこ作 ; 黃薇嬪譯. -- 初版. -- 臺
北市 : 臺灣國際角川, 2008.03 面 ; 公分

譯自 : とらドラ.スピンオフ!幸福の櫻色トルネ
ード
ISBN 978-986-174-640-1(平裝)

861.57 96015825

Kadokawa
Fantastic
Novels

TIGER×DRAGON SPIN OFF！

幸福的櫻色龍捲風

（原著名：とらドラ・スピンオフ！幸福の桜色トルネード）

2008年8月13日　初版第1刷發行
2023年10月2日　初版第2刷發行

作者：竹宮ゆゆこ
插畫：ヤス
日版設計：荻窪裕司
譯者：黃薇嬪

發行人：岩崎剛人
總編輯：蔡佩芬
副總編輯：朱哲成
設計指導：陳晞叡
印務：李明修（主任）、張加恩（主任）、張凱棋

發行所：台灣角川股份有限公司
地址：104台北市中山區松江路223號3樓
電話：（02）2515-3000
傳真：（02）2515-0033
網址：www.kadokawa.com.tw
劃撥帳戶：台灣角川股份有限公司
劃撥帳號：19487412
法律顧問：有澤法律事務所
製版：尚騰印刷事業有限公司
ISBN：978-986-174-640-1

※版權所有，未經許可，不許轉載。
※本書如有破損、裝訂錯誤，請持購買憑證回原購買處或連同憑證寄回出版社更換。

©YUYUKO TAKEMIYA 2007
First published in 2007 by KADOKAWA CORPORATION, Japan.
Chinese translation rights arranged with KADOKAWA CORPORATION, Japan.